Die etwas anderen Taxi-Geschichten.

Oder:

„Helfen sie mir jemanden umzubringen!"

Geschichten aus einem Ulmer Taxi

Marco M.

Die etwas anderen Taxi Geschichten

Was passiert eigentlich so alles in einem Taxi?

Abgesehen von den Standard-Fahrten erzähle ich kurze & kleine Erlebnisse mehr oder weniger völlig abseits der „normalen" Taxifahrt.

Traurig & lustig,
langweilig & spannend,
einfach & schwierig.
Einfach das ganz normale Leben.

Jedes einzelne Erlebnis ist wahr,
wurde nicht erfunden, und hat sich in
meinem Ulmer Taxi abgespielt.

Bibliografische Information der Deutschen National-bibliothek:
Die Deutsche Nationalbibliothek verzeichnet diese Publikation in der Deutschen Nationalbibliografie; detaillierte bibliografische Daten sind im Internet über http://dnb.dnb.de abrufbar.

TWENTYSIX – Der Self-Publishing-Verlag
Eine Kooperation zwischen der Verlagsgruppe Random House und BoD – Books on Demand

© *2015 Milosevic Marco*

Herstellung und Verlag:
BoD – Books on Demand, Norderstedt

ISBN: 978-3-740-70997-6

Illustration: **Marco Milosevic**

Vorwort

Das Taxifahren begann ich in den 90ern mit 21 Jahren. Ich hatte damals (wie sicherlich jeder von uns in diesem Alter) chronischen Geldmangel. Und dabei ging es mir jeden Monat immer wieder ähnlich. Immer wenn die Kohle aus ging war noch so viel Monat übrig. Wer kannte das früher nicht? War damals aber auch kein Wunder, denn neben den Hobbys wie dem Auto und dem Motorrad war ich an mehreren Tagen in der Woche auf Tour mit den Kumpels. Das geht bekanntlich gewaltig in´s Geld. An Sparen wollte ich zu dieser Zeit (natürlich) nicht denken, also blieben nicht viele Alternativen übrig, als dass eben mehr Geld hereinkommen musste. Ich hatte das Glück, dass meine Eltern schon einige Jahre in Ulm zwei Taxikonzessionen mit jeweils einem Taxi betrieben und ich somit praktisch meinen Nebenjob direkt vor der Haustüre beginnen konnte. Eines der beiden Taxen stand jede Nacht vor der Türe, war nicht mit einem Fahrer besetzt und ich musste mich nur reinsetzen, ein wenig im Kreis fahren, schon hatte ich wieder ein paar Kröten mehr im Geldbeutel. Der Plan, den ich mir damals ausmalte, war folgender: Ich gehe einen Abend in der Woche nicht mehr weg zum Feiern und werde stattdessen an diesem einen Tag Geld dazu verdienen. Somit spare ich nicht nur das Geld welches ich in dieser einen Nacht ausgegeben hätte, sondern verdiene mir noch etwas dazu! Kann man jetzt als naiv oder unsinnig sehen, in der Praxis war es jedenfalls so, dass ich am Ende von diesem Tag doppelt so viel im Geldbeutel hatte wie sonst. Einmal das Gesparte was flöten gegangen wäre für das Feiern gehen plus das was eben durch das Taxi fahren dazu kam. Die Rechnung ging auf. Ziemlich gut sogar. Gegen Ende eines jeden Monat war mein Konto deutlich entspannter als zuvor. Meine Geldsituation hatte sich also ab diesem

Tag erheblich gebessert. Dieses „System" habe ich beibehalten und seit damals fahre ich eine Nacht in der Woche mit dem Taxi im Kreis spazieren. Was mir zusätzlich noch eine willkommene Abwechslung zu meinem eigentlichen Beruf ist. Außerdem fahre ich äußerst gerne Auto, liebe meine Geburtsstadt und unterhalte mich gerne mit anderen Menschen. Mir sagt man nach ich sei kontaktfreudig, ich glaube, das trifft ganz gut auf mich zu. Alles zusammen ist das Taxifahren also ziemlich ideal für mich.

Einen gravierenden Nachteil hatte das Ganze natürlich auch! Jedes Mal wenn ich mir eine erfolgreiche Schicht ausmalte, konnte ich nicht mit den Freunden zum Feiern gehen. Denn genau dann, wenn die ganze Stadt am Feiern ist, wie zum Beispiel an Silvester, und sich die Menschen amüsieren, genau dann ist das Taxifahren am Lukrativsten. So war ich immer sehr hin und her gerissen. Gehe ich mich mit den Freunden amüsieren oder mache ich ein gutes Geschäft? Jedes Mal hatte ich den sprichwörtlichen kleinen Engel und den kleinen Teufel auf meinen Schultern sitzen und musste mit mir selber und der Entscheidung ringen. Feiern oder Geld verdienen. Ich saß buchstäblich mit meinem Hintern auf zwei unbequemen Stühlen. Eher hölzerne Barhocker als gepolsterte Sofasessel. Die Siege von den beiden auf meinen Schultern hielten sich in der Waage, mal gewann das Vergnügen, mal die Kohle.

Nachdem ich Taxi fahren begonnen hatte musste ich jedoch nach wenigen Wochen feststellen, dass ich von meiner „eigenen" Stadt ein völlig falsches Bild hatte. Natürlich war ich viel, sogar sehr viel unterwegs in den Nächten in Ulm und den anderen Städten in der Gegend. Wir fuhren in Kneipen, Diskotheken, Spielcenter, Freizeitparks und was uns noch so anmachte. Habe mich eben zusammen mit den Freunden nächtelang durch die Gegend getrieben. Meist natürlich in meiner Heimatstadt Ulm.

Und als ich mit dem Taxi fahren begann, ging die große Erkenntnis los. Denn plötzlich kam ein großes „Aber", denn das was ich nachts im Taxi kennenlernte, das war nochmal etwas ganz Anderes als das was ich bereits kannte! Es ist eine völlig andere Welt. Nicht vergleichbar mit dem gewöhnlichen fortgehen und amüsieren, Arm in Arm singend durch die Gassen zu ziehen und sich zu amüsieren. Es ist als ob sich alles, wirklich alles verändert. Eine völlig andere Stadt erscheint dir. In der dir alles vertraut und doch völlig neu vorkommt. Eine sehr seltsame Mischung.

Wenn die Sonne untergeht, die Dämmerung einsetzt, die gelblichen Straßenlaternen die Stadt in ein warmes gelb rötliches Licht tauchen, die Straßen sich leeren, die großen Plätze, auf denen sich tagsüber Hunderte von Menschen tummeln, plötzlich völlig leer sind und selbst die vereinzelten noch umherirrenden Menschen nicht dieselben sind wie die, die sich tagsüber auf den Straßen sehen lassen, dann ist es so weit. Der Vorhang geht auf und das große Nachtspiel der sonnenlichtscheuen Gestalten beginnt. Die umherstreifenden Personen werden plötzlich etwas dunkler, die einzelnen Spaziergänger noch etwas einsamer, die vereinzelten Pfandflaschensammler fallen plötzlich auf, die Straßen werden leerer, die Streifenwagen der Polizei teilen sich den Asphalt mit den Taxen untereinander auf, die Leuchtreklamen stechen plötzlich in den Augen, weil sie so grell wirken und selbst das Blaulicht von den Einsatzwagen der Rettungsdienste und der Polizei stören plötzlich in der Nacht in den Augen. Was macht es aus? Warum kommt mir meine Stadt aus meinem Taxi so fremd und gleichzeitig vertraut vor? Sind es die einzelnen Personen am Straßenrand, in denen ich plötzlich bei jedem einen potenziellen Kunden sehe und somit Umsatz und Bargeld? Ist es, weil ich sonst um solch eine Uhrzeit entweder im Bett bin oder zumindest nicht mehr ganz nüchtern? Ich weiß es nicht.

Man könnte meinen die ganze Stadt verwandelt sich geradezu in einen großen Spielplatz. Einen Spielplatz für Taxifahrer. Es wird jeder Kollege zum Spielkamerad, zum „Gegner" im Spiel um Kundschaft, Geld, Erfolg und um die Poleposition. Jede rote Ampel ist geradezu eine Aufforderung die Leistung der Dieselmotoren von den Kollegen zu messen. Herrlich. Es kommt ständig zum Kräften messen, zu einem Spielkampf um Fahrgäste und um das besser, schneller, erfolgreicher zu sein. Fast wie bei naiven Primaten. Ein Schwanzvergleich unter Halbstarken ist Kindergarten dagegen. Und das bei jeder Gelegenheit. Vor den Diskotheken, vor den Taxiständen, an den noch eingeschalteten Ampeln, selbst an jedem Straßenrand an dem ein Kunde winkt und ein Taxi möchte. Und das Spielbrett ist die ganze Stadt! Eine seltsame Mischung aus Spielbrett und Spielplatz. Wie Monopoly. Es geht um Geld, um Straßen und darum wer am Ende mehr gemacht hat in seiner Schicht. Sogar die Streifenwägen der Polizei haben eine Funktion wie Ereignisfelder auf dem Monopoly. Man hält ständig Ausschau nach ihnen, versucht ihnen aus dem Weg zu gehen und sein Spiel ohne Überraschungen zu machen. Sobald eines erkannt wird und in die Nähe kommt, verhält man sich so unauffällig wie möglich. Bloß nicht unnötig reizen. Denn das Spiel soll ja noch weitergehen, und nicht enden mit: „Gehe in das Gefängnis, begib dich direkt dorthin, gehe nicht über Los, ziehe nicht 2000 Euro ein!"

Vielleicht ist es so, vielleicht auch nicht. Vielleicht kommt diese Veränderung durch die andere Sichtweise, aber vielleicht auch weil ich plötzlich Dinge sah und erlebte mit denen ich nicht rechnete. Und das ist die zweite Seite wenn ich nachts unterwegs bin in meinem Taxi.

Wenn ich mit meinen Leuten unterwegs war, war ich ja in der Regel immer wieder in den gleichen Locations und hatte viele Einrichtungen überhaupt nicht auf dem Schirm, in die ich ja auch mal hätte gehen können. Man sah also nach gewisser Zeit immer das Gleiche. Im Taxi jedoch kommt man ÜBERALL hin, in buchstäblich alle Etablissements, ohne Ausnahme. Von der Studentenparty bis zu den Swinger-Häusern, von den Sozialhilfeempfängern bis zu den super Reichen, Einrichtungen, in denen nur eine bestimmte Gruppe verkehrt wie z.B. nur Jugos, Russen, Türken oder was auch immer, Rockerkneipen bzw. ihre Klubhäuser, Punker- oder Gruftitreffen, Schwulen- und Lesbentreffen, es ist einfach wirklich alles dabei und die Liste könnte man beinah unendlich und noch deutlich weiterführen. Alles bekommt man zu sehen, jede soziale Schicht, jede noch so irrsinnige Lebenseinstellung, jedes Alter und das ganze ohne Ausnahmen. Und damit hatte ich anfangs nicht gerechnet. Oder einfach nicht darüber nachgedacht. Und so bekam ich von meiner Stadt, in der ich glaubte mich auszukennen und zu wissen „was so geht", plötzlich ein völlig anderes Bild, und mir wurde klar, ich hatte von meiner Stadt nicht die geringste Ahnung. Ich war öfter einfach nur völlig baff. Auch wenn ich zum Beispiel zu „geheimen" Adressen fuhr, also die nicht so ganz offiziellen, an denen einfach nur ein Namensschild an der Türe stand und innendrin hättest meinen können, findet gerade das Fußball-WM-Viertelfinale statt, so viele Leute waren dort. Das sind dann „Partys" am Rande der Legalität, oder auch mal darüber. Von Treffen einzelner Gruppierungen die es eigentlich gar nicht geben dürfte, Verteilung von Waren oder Geschäften die nicht erlaubt sind, Sexpartys die besser niemand weitererzählt, und nicht selten von Personen gefeiert werden, die nur noch im Schutze der Dunkelheit auf die Straße gehen.

In einigen Fällen war ich so erstaunt über die Situation, dass ich mir nach einem der folgenden einzelnen kleinen Erlebnisse dachte, dass man das doch zu Papier bringen sollte. Und das Ergebnis mit einer kleinen Auswahl aus dem erlebten haltet ihr nun in der Hand.

Ich komme eigentlich aus einer völlig anderen Branche und habe bis jetzt noch nichts Vergleichbares gemacht. Trotzdem hoffe ich natürlich die Geschichten sorgen beim Lesen für Kurzweile.

Ich wünsche euch ganz viel Spaß beim Lesen.

Inhaltsverzeichnis

01 - Entschuldigung, wo bin ich?!? Seite 14
02 - „Chelfen sie mir jemandem umsubringen!!" Seite 17
03 - Fünf Euro für eine Antwort Seite 24
04 - Der Tod und die Geburt Seite 28
05 - Der Mann an der Ecke Seite 35
06 - Der Möbelpacker Seite 40
07 - Schnee-Chaos, ohne Navi und dann noch München! Seite 43
08 - Die Kelle Seite 49
09 - Kann ich dich buchen? Seite 54
10 - Wohin? Bssssssss!! Seite 57
11 - Ich will ihn noch einmal lebend sehen, bitte! Seite 61
12 - Das mit dem Trinkgeld Seite 67
13 - Entschuldigen Sie die Störung, können Sie mich Heim fahren? Seite 69
14 – „Braucht ihr zufällig ein Taxi?" Seite 71
15 - Heim! Seite 75
16 - Geisterfahrer Seite 77
17 - Mein Mann ist bei seiner Geliebten, wir haben also ein paar Stunden Zeit für uns alleine, Schatz! Seite 82
18 - Hallo?!? Ihr seid doch gleich zu Hause! Seite 85

19 – Immer´s gleiche mit den Jungs. Seite 88
20 - Machen Sie auch Fernfahrten? Seite 90
21 - Gas!!! Seite 92
22 - Geldregen Seite 97
23 - Der Klassiker Seite 101
24 - Gummibärchen Seite 103
25 - Karlstraße Ecke Friedenstraße Seite 106
26 - I wart auf a Taxi aber s´kummt net kummt net Seite 109
27 - Du bist ja cool, krieg ich deine Nummer? NEIN! Seite 110
28 - Sagen wir 150? Seite 115
29 - Winter T-Shirt Seite 118
30 - Einfach nur völlig daneben Seite 121
31 - Das liebe Trinkgeld Seite 127
32 - Ich bin der gleichen Meinung wie du! Seite 130
33 - Hat dir schon mal einer in dein Taxi gekotzt? Seite 135
34 - Einmal voll machen bitte Seite 138
35 - Kuck mal in der Hecke. Seite 140
36 - In den Michel-Erhart-Weg, bitte. Gibt´s net Seite 143
37 - Fahrrad-Kette Seite 147
38 - Die Normalos Seite 152
39 - Der Wanderer Seite 158
40 - Die häufigsten Fragen der Kundschaft Seite 161
- Läuft der Taxameter nach Strecke oder nach Zeit? Seite 162

- Ihr seid doch alle Studenten, richtig? Seite 162
- Was heißt Tarif 1 (2/3) im Taxameter Seite 163
- Wie funktionier das mit der Anfahrtsgebühr? Seite 164
  - Was habt ihr für einen Tarif in Ulm? Seite 165
  - Wie funktionier das mit den Taxikonzessionen? Seite 166
  - Gibt es noch deutsche Unternehmer? Seite 167
    - Wie viele Taxen gibt es in Ulm? Seite 168
    - Was verdient man im Taxi? Seite 168
  - Müsst ihr die Taxen selber kaufen? Seite 169
  - Wie lange geht denn so eine Schicht? Seite 170
    - Habt ihr viel Wartezeit? Seite 171
- Läuft das Geschäft noch so gut wie früher? Seite 171
  - Wem gehören die ganzen Taxen? Seite 172
- Ist der Taxischein schwer zu machen? Seite 172

41 - Nachwort Seite 176

01 - Entschuldigung, wo bin ich?!?

Es war Sommer, etwa gegen 0.00 Uhr und sehr milde Temperaturen in dieser Samstagnacht. Der Himmel war klar, der Wind still und das Geschäft rollte noch nicht so wirklich an. Ich stand am Ulmer Hauptbahnhof, etwa an fünfter Stelle. Die Fenster hatte ich alle offen und lümmelte mehr oder weniger in meinem Fahrersitz und vertrieb mir die Zeit wie so oft mit Lesen von verschiedenen Zeitungen und Fachzeitschriften. Die Langeweile ist in manch solchen Momenten lästig und wurde in dieser Wartezeit nur unterbrochen von einem leichten Lüftchen, das hin und wieder durch die geöffneten Fenster durch mein Taxi streifte. Der Bahnhofsplatz war bis auf ein paar wenige Ausnahmen menschenleer. Im Augenwinkel fiel mir ein junger Mann auf, der etwas hilflos auf dem Bahnhofsplatz umherlief. Er war vielleicht gerade mal 18, höchstens 20 Jahre alt und bekleidet mit Lederhose und kariertem Hemd wie frisch von dem Oktoberfest in München. Ich legte meine Zeitung zusammen und lehnte mich auf meinen Türrahmen, um ihn zu beobachten. Das mache ich gerne. People-Watching auf Neu-Deutsch nennt man das glaube ich. Dabei schaute ich ihn direkt an und grinste in mich hinein. Denn falls er eine Frage hatte und schüchtern oder verunsichert wäre, würde er sich so sicherlich leichter überwinden, zu mir zu kommen, um sich an mich zu wenden. Er war etwas zerknittert im Gesicht und offensichtlich von einer Sauf- oder Partytour auf dem Rückweg, denn er war doch schon ein wenig gezeichnet. Er lief immer wieder auf und ab, jedoch offensichtlich ohne Ziel und ohne Sinn und erinnerte beim Auf- und Abgehen eher an eine verlegte Henne als an eine überlegte Handlung. Ich überlegte was wohl in seinem Kopf vorging und ob bzw. was er denn für Sorgen hatte, aber ich konnte mir keinen sinnvollen Reim machen. Er lief erst noch ein weiteres Mal den Platz auf und ab, ehe er mich bemerkte. Kaum hatte er mich gesehen wie ich ihn beobachtete, ihm mit einem Grinsen im Gesicht nachsah, kam er auch ziemlich schnell und zielstrebig auf mich zu: „Entschuldigung, aber wo bin ich?!?" Ich musste erst mal lachen. Ich: „Wie bitte? Wie meinst du das, du stehst hier auf dem Bahnhofsplatz, mitten drin! Hinter dir ist der Haupteingang des Bahnhofs! Über der Türe steht es doch: HAUPTBAHNHOF:" Er drehte sich um und las die riesigen Blockbuchstaben. Er antwortete eher unbeholfen: „Ja ja, das ist mir schon klar, aber in welcher Stadt?" **Poff**, das hat gesessen denn das wurde ich noch nie gefragt und das hatte ich auch nicht erwartet. „Ähm, bitte was? Du bist in Ulm!?! Was dachtest du denn wo du bist?" Darauf sagte er erst mal eine ganze Weile nichts und er schaute sehr erstaunt durch die Nacht. Sein Blick schweifte umher aber machte an keinem Punkt halt. Ich weiß nicht was er suchte, sicherlich einen Anhaltspunkt für die Stadt Ulm wie z.B. den Münsterturm oder so. Aber er erkannte wohl nichts in dieser Nacht das ihm bekannt vorkam, zumindest hatte er einen sehr leeren Blick aufgelegt. „Ich muss im Zug eingeschlafen sein, ich komme aus Stuttgart und wollte eigentlich in Geislingen aussteigen!" Uiui, tja, das erklärte natürlich einiges und da hatte er aber nun ein kleines Problem, denn vor morgen früh war an einen Zug für die Rückfahrt nicht zu denken. Inzwischen war ich vorgerückt bis an erster Stelle und so fragte ich ihn (natürlich) ob er denn nun ein Taxi nach Geislingen brauchen könnte. Schließlich will man ja helfen, … ;-) Wir machten nach kurzer Unterhaltung schnell einen Festpreis aus und mein Umsatz war schon etwas gesicherter als noch vor wenigen Minuten. Er war sichtlich froh doch noch nach Hause zu kommen und nicht erst wieder (!) in Friedrichshafen aufzuwachen. Auf der Fahrt erzählte er mir wo er mit seinen Kumpels überall in Stuttgart unterwegs war und wie chaotisch der ganze Abend schon war und er deshalb mit so einem „Ende" schon fast rechnete. Auf der Fahrt erholte er sich zusehens und die Unterhaltung war sehr angenehm. Wir hatten einiges zu lachen beim zügigen Fahren über die freien Landstraßen, bei seinen teilweisen sehr detaillierten Geschichten über seine Erlebnisse. Jedenfalls hatte ich nun auch etwas von seinem tiefen Schlaf im Zug, … ;-)

02 – „Chelfen sie mir jemandem umsubringen!!"

Es war eine Vorbestellung am Abend, bestellt auf 23.15 Uhr zu einer großen Kette einer Autovermietung in Ulm-Söflingen. Ich fuhr mit geöffneten Fenstern da es noch sehr mild draußen war und fuhr erst an der Eingangstüre der Filiale vorbei, drehte in einem Zug auf der sehr breiten Straße um und stand anschließend direkt vor dem Eingang. Schon beim Vorbeifahren winkte mir eine Dame wild mit den Armen rudernd vor dem Eingang dieser Autovermietung zu und machte schon durch ihren Körpereinsatz klar, dass ich ihr Taxi sei. Offensichtlich kein Zweifel. Als ich mein Taxi anhielt, kam die Dame sofort und zielstrebig und mit deutlichem Elan auf mein geöffnetes Fenster zu. Ich schätzte sie auf circa 50 Jahre, sie war groß, sicherlich einen halben Kopf größer als ich, sehr stämmig, bestimmt einen Zentner mehr als ich und auffällig stark geschminkt. Sie war außerdem bunt aber elegant gekleidet und mit ordentlichem Goldschmuck behangen. So als ob es heute noch auf eine größere Festlichkeit ginge. Spanische Hochzeit oder so etwas Ähnliches dachte ich mir noch. Sie sprach mich sofort in fehlerfreiem Deutsch durch mein geöffnetes Fenster meiner Fahrertüre an. Aber mit einem auffälligen, erkennbaren Akzent aus dem Balkan. Als sie mit ihren laut klackernden Damenschuhen an meiner Türe ankam, ballte sie ihre Hände zu Fäusten, stemmte sie in ihre Hüften und holte erst mal ordentlich Luft. Ihre „Begrüßung" war jedoch nicht, guten Abend, Hallo, oder was man ebenso zur Begrüßung sagt, sonders ihr entfuhr es regelrecht und ziemlich lautstark:

„Chelfen Sie mir jemandem umsubringen!!", dabei rollte sie mit ihren Augen und wackelte mit dem Kopf hin und her und schrie mich an als ob ich ihre Erlösung sei! Jedenfalls hätte ich meine Fenster auch geschlossen lassen können! Und das Ganze hörte sich außerdem sehr entschlossen an! Ähm, bitte was? Ich sollte ihr helfen jemanden zu ermorden!?!? Ich stutzte. Ich wurde schon um vieles gebeten, aber Beihilfe zum Mord?!? Das war neu. Ich musste mich erst mal etwas sammeln, alleine schon wegen dem Pfeifton in meinem linken Ohr nach dieser „Begrüßung." Nachdem ich wieder etwas gefasst war, erklärte ich ruhig aber bestimmt, dass ich das sicherlich nicht machen kann! OK, viele Taxifahrer sind käuflich, da wird einiges gemacht was man sonst nicht machen würde, aber so weit geht es dann doch nicht. Die Dame hörte mir nicht zu, ging auch nicht darauf ein und bekräftigte stattdessen ihre Absichten erneut! Na gut. Dann neues, anderes Thema. Ich fragte, ob sie denn die Kundin sei die ein Taxi auf 23.15 Uhr bestellt hat. Denn in diesem Augenblick wusste ich ja schließlich noch nicht, ob sie zufällig dort stand und einfach gerade jemanden bräuchte einen Mord zu begehen oder ob sie mich wirklich bestellt hatte. Hätte sein können, meine eigentliche Kundschaft stünde noch irgendwo um die Ecke und wartete auf mich. Aber dem war nicht so. Sie sagte, dass sie das Taxi bestellt habe, aber zuvor eben erst noch jemanden umbringen müsste! Ob ich das nicht kapieren würde?!? Oh

Mann du. Und schon waren wir wieder am Anfang. Jedenfalls ging es ohne nennenswerte Unterbrechungen gleich ohne Punkt und Komma weiter in dieser unglaublichen Lautstärke! Sie brüllte mich mit ihren Fäusten in der Hüfte durch mein geöffnetes Fenster an und sie schilderte mir in allen erdenklichen Einzelheiten was sie mit dem Mistkerl alles machen wird! Praktisch nebenbei erklärte sie, dass sie einen Leihwagen heute hatte und der sollte eigentlich bei ihr Zuhause um 18.00 Uhr abgeholt werden, aber niemand ist erschienen. Ich kam nicht mehr zu Wort. Selbst auf Nachfragen bei der Autovermietungs-Zentrale im Norden von Deutschland sagte man ihr am Telefon man könne nichts machen und sie sollte eben den Leihwagen in der Filiale abgeben. Immer wieder setzte ich an etwas zu sagen, aber mir blieben meine Worte im Hals stecken. Sie fuhr weiter: Aber da war natürlich um diese Uhrzeit niemand mehr und sie wusste nicht was sie denn nun machen sollte. Nun bekam sogar ich selber ein schlechtes Gewissen warum ich den Wagen nicht selbst um 18.00 Uhr bei ihr abholte. Außerdem fuhr sie in dieser Nacht in Urlaub an die Adria und war die nächsten zwei Wochen nicht mehr hier in Ulm. Was sollte sie denn zwei Wochen mit einem Leihwagen machen, wenn sie gar nicht hier, sondern im Urlaub sei, fragt sie mich. Nun ja, es war diese eine Gelegenheit überhaupt mal wieder zu Wort zu kommen, aber erklären konnte ich ihr das natürlich auch nicht. Ich nutzte die kleine Pause ihrer Ansprache und setzte gleich neu an. Denn etwas Anderes konnte ich ihr doch noch erklären. Ich bemühte mich sehr leise, langsam und deutlich zu sprechen.

Meine Erfahrungen in der Vergangenheit zeigten mir, dass ich auf diese Art und Weise auf sehr schnellem Wege die aufgebrachten Menschen wieder beruhigen kann. Ich sagte ihr, dass es einen Nachttresor für Fahrzeugschlüssel neben dem Eingang gibt und sie solle doch einfach den Autoschlüssel dort einwerfen. Sie schlitzte ihre dunkel geschminkten Augen zu menschlichen Schießscharten, zog ihre Mundwinkel noch etwas weiter nach unten und schaute mich misstrauisch von oben herab an. Sie glaubte mir kein Wort. Das war eindeutig in ihrem Gesicht zu lesen. Ihre Fäuste hatten schon weiße Knöchel, so sehr presste sie ihre Hände zusammen. Gleich fange ich eine Schelle die sich wahrscheinlich gewaschen hatte. In der Vorahnung, dass es gleich ziemlich klatschen könnte, zog ich meinen Kopf etwas ein. Ihre großen schwarzen Augen schwenkten zur Seite. Sie sah zum Eingang dieser Autovermietung ohne dabei ihren Kopf von mir abzuwenden. Die glaubte mir kein Wort. Jetzt war ich mir sicher. Sie vermutete bestimmt, dass ich mich vom Acker machen würde sobald ich außer „Reichweite" ihrer Arme war. Nun ja, mit dem Gedanken spielte ich schon, ... Wenn die tatsächlich ausholen sollte hätte ich bestimmt danach ein Knalltrauma. Ihre Hände hatten das Format von Klodeckeln! Sie schaute mir wieder in die Augen. **„Zeige mir diesen Kasten!"** Sie wich mir nicht von der Türe bis ich den Motor abstellte. Ich öffnete die Türe einen Spalt, erst dann gab sie den Weg frei. Puh, erster Schritt getan. Wenn ich ihr nun noch meine Glaubwürdigkeit beweisen könnte, hätte ich es bestimmt geschafft. Wir gingen um mein Taxi herum zu diesem

Eingang und ich zeigte ihr den „Kasten." Auf ihm stand in großen Blockbuchstaben: „NACHTTRESOR." Ihre Mine erweichte. Nicht sehr viel, aber immerhin. So ganz traute sie sich noch nicht, einfach einen Autoschlüssel in einen Briefkasten zu werfen. Ich konnte sie überzeugen und erklärte ihr, dass dies ein normaler Vorgang ist und täglich Tausende Mal in Deutschland in der Nacht vorkommt. Sie warf ihn ein. Geschafft! Mit ernster Miene lief sie mit mir zu meinem Taxi, riss die Türe auf und ließ sich auf den Beifahrersitz fallen. Die Stoßdämpfer meines Taxis begrüßten sie ächzend als der Wagen deutlich in die Knie ging. Sie schloss die Tür so stark, dass der Schwung locker für zwei Türen gereicht hätte und schnallte sich an. Es konnte losgehen. Ich erkundigte mich nach dem Ziel, bekam zu meiner Überraschung recht freundlich eine Adresse auf dem Ulmer Michelsberg genannt und ich fuhr los. Aber da war dann doch noch etwas, das aus ihr herauswollte! Mit energischer Stimme fing sie abermals an mir die Leidensgeschichte ihres Leihwagens zu erklären! An Beruhigung war jedenfalls schon wieder nicht mehr zu denken. Im Gegenteil. Die Lady erzählte nochmals die ganze Geschichte, ohne auch nur ein winziges Detail zu vergessen und geriet dabei erneut in gewaltige Rage. Dabei sprach nicht nur ihr Mund, nein, die ganze Frau redete! Ihre Hände, nein, ihre ganzen Arme, einfach alles! Sie schrie und wedelte mit ihren Händen im Auto herum. Ihr Schmuck an den Handgelenken schepperte dabei im Takt wie an Karneval. Zeitweise musste ich meinen Kopf einziehen, soweit konnte sie mit ihren Händen erzählen! Sonst hätte ich doch noch eine gefangen! Den Innenspiegel musste ich mehrmals wieder ausrichten, damit ich wieder aus der Heckscheibe sehen konnte. Ihre Hände machten einfach die Runde im Innenraum, ohne dass sie es wirklich bemerkte. Sie war einfach zu sehr beschäftigt mit ihren Erzählungen. Nach etwa der halben Strecke wusste ich dann schließlich komplett Bescheid. Auf der restlichen Fahrt legte ich wieder mein ruhiges und langsames Sprechen auf. Es dauerte nicht besonders lange, bis sie ebenfalls ihre Stimme sank. Auch das Wedeln mit ihren Armen ließ nach und so schaffte ich es, sie tatsächlich wieder zu beruhigen, ehe wir an ihrer Adresse angekommen waren. Denn schließlich sei ja nochmal alles gut gegangen und der Urlaub könne ja nun ohne Probleme starten. Sie beäugte mich misstrauisch konnte aber nicht widersprechen. Ihre Laune verbesserte sich Zusehens.

In diesem Wohngebiet mit teils sehr steilen Straßen geht es etwas vornehmer zu als in anderen Wohngebieten. Es sind vorwiegend beeindruckende Herrenhäuser mit sehr großen, teils parkähnlichen Grundstücken aus der letzten Jahrhundertwende. Ihre Adresse war ebenfalls ein solch herrschaftliches Wohnhaus und somit offensichtlich genügend Geld vorhanden. Um die Bezahlung des Fahrpreises machte ich mir jedenfalls keine Sorgen. Sie zeigte in die Hofeinfahrt in der ich halten sollte und als ich einbog, ging die Hofbeleuchtung automatisch an. Na ja, Hofbeleuchtung ist vielleicht etwas falsch ausgedrückt. Die Scheinwerfer für ein Fußballstadion haben in etwa das gleiche Flutlicht. Ich sah nicht mehr wie weit ich noch reinfahren konnte, so stark war ich geblendet. Ich stoppte mein Taxi und nannte den Fahrpreis. Schließlich, während des Kassierens vor ihrer Haustüre, entschuldigte sie sich sogar für ihr aufbrausendes Auftreten und bedankte sich mehrmals für mein Verständnis und vor allem für meine Geduld und legte nochmal zwei Euro auf den Fahrpreis darauf. Sie legte sogar ein zufriedenes Lächeln auf und erst jetzt könne sie sich auf ihren Urlaub freuen, bemerkte sie noch beiläufig. Sie öffnete die Türe, stieg aus und ich wünschte ihr einen erholsamen Urlaub und verabschiedete sie zusammen mit meinen Stoßdämpfern als sich mein Taxi wieder etwas erhob. Im Umdrehen beugte sie sich nochmal in die Türöffnung, sah mich mit strahlenden Augen an und wünschte mir ein glückliches Leben! Sie sei sehr froh mich als Taxifahrer bekommen zu haben! Das tat gut. Das ging runter wie Öl.

Prima. Und wieder einen Kunden erfolgreich beruhigt. Es macht mir Spaß und freut mich immer wieder, wenn ich es schaffe meine Kunden, schon nach kurzer Zeit, in meinem Taxi so weit zu beruhigen, dass sie zufrieden(er) austeigen als sie eingestiegen sind.

Ganz besonders, wenn ich sie davon abbringen kann, erst mal noch jemanden umbringen zu müssen ;-)

03 - Fünf Euro für eine Antwort

Es war circa 1.00 Uhr in der Freitagnacht und ich stand wartend am Lautenberg. Das ist ein kleiner Taxistand für zwei Taxen direkt am Rande des Münsterplatzes. Eine Menge junger Leute standen circa 40 Meter von mir entfernt vor der angesagten Diskothek „Myer´s". Einige kamen raus, einige standen noch in der Schlange in der Hoffnung, dass sie noch reinkommen konnten, und ein paar andere standen einfach nur so vor dem Eingang rum und quatschten. Ich lehnte an der Fahrertüre und beobachtete das Treiben eine ganze Weile, sicherlich über eine halbe Stunde und versuchte zu erkennen, wer sich wohl von den vielen Leuten lösen und bald in meine Richtung gehen würde, um bei mir einzusteigen. Tatsächlich kam kurze Zeit später ein junger Mann aus der Menge heraus und zielstrebig auf mich zu. Etwa 20 Jahre alt, groß, lockige blonde Mähne auf dem Kopf und äußerst gepflegt angezogen. Normalerweise an diesem Standplatz laufen sie eher zur Beifahrertüre, fragen ob ich frei bin, setzen sich und es geht los, aber er nicht. Er kam direkt auf mich zu. Mit einem Lächeln und seinem Schweizer Dialekt fragte er sehr höflich, ob er mich denn kurz stören dürfe. Ich liebe den Schweizer Dialekt, der klingt so niedlich, so goldig, als ob die Schweizer niemandem etwas anhaben könnten. Jedenfalls bejahte ich und er erklärte mir, dass er ins Myer´s nicht mehr reinkomme, und nun gerne wüsste, wo er denn noch zum Feiern gehen könne. Das ist nicht selten. Es kommt sehr oft vor, dass wir Taxler gefragt werden wo noch etwas los ist, wo es noch etwas zu essen gibt, in welche Disco man heute noch reinkommt und so weiter. Natürlich kommen zur späteren Stunde dann noch die Fragen über das örtliche Rotlicht-Milieu. Wo gibt es die besten Frauen, wo ist „es" besser, welcher Puff auch einen Pool / Sauna / FKK bietet, solche Dinge eben. Richtig witzig wird es, wenn gefragt wird was für Leistungen die Frauen in welchem Bordell anbieten. Da will der potenzielle Fahrgast dann von mir im Voraus wissen, ob die Mädels auch genau seinen Fetisch anbieten, … tja, was soll ich sagen, manchmal bleibt mir schon die Spucke weg auf was die Menschen so stehen. Aber gut, zurück zu unserem Schweizer. Ich habe ihm drei Lokale in der Nähe empfohlen, die er alle in wenigen Minuten zu Fuß erreichen konnte. Erst mal die „Kulisse" gleich hier unten am Ende von dem Berg an dem kleinen Fluss Blau, „Der wilde Mann" schräg gegenüber und letztendlich die „Zill". Eine Party-Gaststätte. Tagsüber ein Restaurant in dem man recht gut sitzt und isst, und am Abend eine Party-Location für die „Jungen." Alle innerhalb von fünf Minuten zu Fuß zu erreichen und den Weg habe ich ihm auch gleich geschildert. Daraufhin schaute er mich etwas seltsam und verdutzt an, es kam mir vor, als hätte er kein Wort verstanden. Geradezu als ob ich in einer völlig fremden Sprache mit ihm gesprochen hätte. Er hatte einen seltsamen Blick aufgelegt. Fast hätte ich meinen können, meine eigenen Worte nochmal zu hören wie sie in seinem Kopf nachhallten, so leer erschien mir sein Blick. So standen wir da und schauten uns in die Augen. Eine gefühlte kleine Ewigkeit. In echt nur ein paar Sekunden, klar, aber wenn man eine Reaktion erwartet oder eine Antwort, kommt einem das ewig vor. Gerade als ich fragen wollte, ob er alles soweit verstanden hatte, ob ich noch weiterhelfen könne, zückte er seinen Geldbeutel, kramte in seinem Scheine-Fach und streckte mir schließlich fünf Euro entgegen. Bitte?!? Fünf Euro für eine Frage? So weit sind wir dann doch noch nicht! Ich lehnte ab und erklärte, dass dafür die Taxen ja schließlich auch da seien und nicht nur zum Fahren. Jedoch bestand er darauf, dass ich die fünf Euro annehme und außerdem auf meine Telefonnummer, denn er habe noch nie einen Taxifahrer getroffen der kostenlos solche Tipps gibt. Hä? Wo kommt der denn her? In welchen Großstadt-Ghettos treibt der sich denn sonst so rum? New-York? Rio? Tokio? Er stockte ein wenig herum und versuchte sich zu erklären. Dabei senkte er seinen Blick auf den Boden, als ob er sich dafür entschuldigen müsste. Er sprach leise und konzentriert. Was kommt denn jetzt noch alles? Normalerweise würden ihm die Taxifahrer eine Location am anderen Ende der Stadt empfehlen und dann erst mal mit der berühmten Kirche ums Dorf fahren, um erst mal mit dem Ortsfremden den Umsatz aufzupolieren. Das waren die Erfahrungen die er mit Taxifahrern bisher machte. Aha, von daher wehte also der Wind. Er wurde bisher nur über den Tisch gezogen. Kann passieren. Im Taxigeschäft gibt es eben auch einige schwarze Schafe. Jedenfalls habe ich das Trinkgeld dann doch eingesteckt, denn er ließ sich nicht abbringen. Meine Handynummer gab ich ihm schließlich auch und tatsächlich hat er mich im aber unauffällig. Jedoch werde ich ihn nie, niemals vergessen! Er kam auf mein Taxi zu, etwas langsamer Schritt, dachte ich mir noch, er öffnete die Beifahrertüre, setzte sich, schloss die Türe und schnallte sich vorschriftsmäßig an. Dabei sagte er kein einziges Wort, nicht mal eine Begrüßung kam ihm über die Lippen. Auch sah er mich nicht an. Gut, nicht so schlimm, manche sind eben etwas weniger gesprächig. Auch auf meine Begrüßung hin bekam ich keine Antwort von ihm. Ich faltete und legte meine Zeitung zusammen, richtete meine Sitzlehne wieder auf, startete den Motor und den Taxameter, und erwartete eine Angabe über das Ziel, zu dem er ja sicherlich wollte. Aber es kam nichts. Erst auf meine Frage hin, wo er denn hinwolle, kam: „Bahnhof." Nicht besonders freundlich, aber auch nicht patzig oder so. Das Wort Bahnhof kam einfach normal. Ich fragte zurück ob Ulm, Neu-Ulm, Stuttgart oder vielleicht sogar München, um das Gespräch eventuell vielleicht zu lockern, aber meine Frage blieb unbeantwortet. Na gut, dachte ich mir, der will nicht reden. Egal. Fahre ich eben mal Richtung Ulmer Hauptbahnhof, der lag zusammen mit dem in Neu-Ulm etwa in gleicher Entfernung. Kurz nachdem wir auf der Hauptstraße waren, versuchte ich noch einmal in irgendeine Richtung ein Gespräch aufzubauen, denn, seit er sich anschnallte schaute er wie gebannt geradewegs durch die Windschutzscheibe, ohne auch nur eine einzige Regung. Auch sein Gesicht zeigte keine Regung, ich glaube, dass er nicht mal blinzelte. Ich versuchte ihn aus den Augenwinkeln zu beobachten, aber das klappt natürlich nur bedingt. Wenn ich zum Beispiel durch sein Seitenfenster schaue ob die Straße frei ist, dann kann man auch kurz auf seinen Fahrgast einen Blick werfen, ohne dass dieser gleich misstrauisch wird. Natürlich kann ich aber nicht nur die ganze Zeit abbiegen, um ihn anzusehen, das geht ja auch nicht. Komischer Kauz dachte ich mir noch. Zwischendrin versuchte ich wie gesagt nochmal ein Gespräch aufzubauen. Mit was ich es genau versuchte weiß ich nicht mehr, aber sicher über das Wetter oder den Verkehr, jedenfalls etwas Belangloses. Aber auch dieses Mal blieb eine Antwort aus. Na gut, der will wirklich nichts sagen, das kommt vor, selten, aber kommt vor. Ich machte mir nicht weiter etwas daraus, nicht jeder ist so gerne im Gespräch wie ich oder kann so problemlos auch mit Fremden quatschen. Ich ließ ihn in Ruhe und wir fuhren recht gemütlich durch den Verkehr Richtung Ziel. Der Verkehr floss. Das Radio spielte leise im Hintergrund, mit Fahrgästen drehe ich es in aller Regel etwas leiser. Nachdem wir die halbe Strecke zurückgelegt hatten, es war in Höhe des Gerichtsgebäudes in der Olgastraße, sagte er dann doch noch etwas. Es war nur ein Satz, ein kurzer Satz, und er versetzte mir regelrecht einen Schlag in die Magengegend, denn ich war kurz wie benommen. Dabei wendete er seinen Blick nicht von diesem Punkt den er schon seit Fahrbeginn in der Ferne gefunden hatte. Seine Stimme war leise, ruhig, gefasst, ohne Emotionen oder einer besonderen Regung, monoton sprach er, er sagte:

„Heute Nacht ist mein dreijähriger Sohn gestorben."

Die Fahrt war nicht mehr die gleiche wie bis gerade eben. Ich wollte mich übergeben! Sie war auf einmal angespannt, unwirklich, ich kam mir fremd in meinem eigenen Taxi vor und ich wusste nicht was ich darauf sagen sollte. Mir wurde regelrecht schlecht! Was soll man da auch sagen?!? Ich konnte nichts mehr sagen! Alles was ich in diesem Moment auch gesagt hätte, wäre nicht hilfreich gewesen. Das wusste ich. Aber mehr auch nicht! Natürlich bekundete ich ihm mein Beileid, klar, aber gleichzeitig wusste ich, dass er das wahrscheinlich hört wie durch einen Nebel, wenn er es überhaupt hörte. Ich glaube „Unreal" ist eine passende Bezeichnung für die gesamte Situation. Und helfen konnte es ihm natürlich auch nicht. Ich fühlte mich einfach so unglaublich hilflos. Ich wusste, der Mann neben mir auf dem Sitz hat den schlimmsten Schmerz der Welt, und niemand, niemand kann ihm helfen! Ich schon gar nicht! Ich denke, das ist etwas, was man seinem schlimmsten Feind nicht wünscht. Ich glaube, es gibt auch nichts Schlimmeres, als wenn man sein eigenes Kind beerdigen muss. Die weitere Fahrt war ohne Worte. Das Radio stellte ich ab. Ich konnte nichts mehr sagen, ich hatte einen Kloß im Hals, groß wie eine Orange, zumindest gefühlt. Mit einer Orange im Hals steckend fuhr ich wie benommen weiter, und ich konnte sie nicht runterschlucken. Ich hatte noch nie vorher ein Gefühl, das mich innerlich derart aufwühlte, aber gleichzeitig völlig lähmte! Sehr, sehr unangenehm und es war auf einmal noch viel schwüler als es ohnehin schon war. Fast unerträglich! Aber nicht nur das, es machte mich nachdenklich, ich sah meine eigenen Kinder plötzlich vor meinen Augen, denn zu dem Zeitpunkt war ich auch schon Papa! Und alleine der Versuch daran zu denken wie es sich wohl anfühlen muss, machte mich irre! In meinem Kopf rasten Bilder wild durcheinander und ich hatte Schwierigkeiten mich zu konzentrieren! Kurz darauf sind wir am Bahnhof angekommen, ich nannte glaube ich den Preis, er zahlte und ging. Wortlos. Ob er Trinkgeld gegeben hat weiß ich nicht mehr. Ich erinnere mich, dass ich noch einige Minuten dort gestanden habe und ihm nachgesehen habe. Auch als er schon lange im Bahnhof verschwunden war und ich ihn schon lange nicht mehr sehen konnte. Ich konnte einfach nichts Anderes machen. Ich bin dort gesessen, mit laufendem Motor, noch das Geld in der Hand welches er mir bezahlte, und starrte auf die Bahnhofstüre. Meine Gedanken überschlugen sich und gleichzeitig war mein Kopf wie leergefegt. Innerlich aufgewühlt und doch gleichzeitig starr. Ich weiß nicht mal, ob er mir mehr gegeben hat als es der Fahrpreis war, oder ob es weniger war. Ist auch völlig egal, ich hätte ihn auch umsonst gefahren. Wie lange ich dort noch so gedankenverloren stand weiß ich nicht. Losgefahren bin ich erst, als ein anderes Auto hupte und mich so aus meinen Gedanken riss. Ich hoffe heute noch, dass er gut nach Hause gekommen ist, denn, ganz ehrlich, wenn er sich in diesem Moment vor den Zug gelegt hätte, ich hätte es verstanden. Ich konnte jedenfalls so nicht weiterfahren, es ging einfach nicht. Ich war zu sehr ständig in Gedanken an diesen Vater, der seinen Sohn in dieser Nacht verloren hatte. Ich beschloss zurückzufahren, die Schicht sausen zu lassen und fuhr nach Böfingen. Ich hatte vor dort das Taxi abzustellen, und mit meinem eigenen Auto wieder nach Hause zu fahren. Denn so ging es einfach nicht weiter. Es war einfach unmöglich. Auf der Fahrt nach Böfingen kam ich zwangsläufig wieder an der Einfahrt vorbei, an der es zum Taxistand Klinik Safranberg geht. Ich kann nicht mal mehr sagen ob die Ampeln die ich bis dorthin passierte, auf grün oder rot standen, so stark war ich in Gedanken versunken bei diesem Vater. An dieser Einfahrt zu dem Klinik-Gelände Safranberg stand ein großer Lockenkopf an einer Fußgängerampel, sicherlich knappe zwei Meter, sehr kräftige Statur, Vollbart, mit einer dunkelgrünen Militärjacke. Eigentlich viel zu warm angezogen für die Temperaturen und mit einem sichtlichen Lächeln im Gesicht, stand er dort an der Einfahrt und hatte bereits die Taste gedrückt für die Fußgängerampel. Ich schaffte die Grünphase nicht mehr und musste anhalten. Der Lockenkopf überquerte die Fahrbahn, sein Blick traf den meinen, und mit einem Grinsen und einem Fingerzeig fragte er mich, ob ich frei bin. Es war wie ein Reflex als ich nickte, denn eigentlich wollte ich ja Feierabend machen. Der Typ rannte auf mein Taxi zu und riss mit Schwung die Beifahrertüre auf, sprang mir buchstäblich mit seinen rund 120 kg und ordentlichem Anlauf auf den Beifahrersitz, packte meinen Kopf mit seinen beiden klodeckelgroßen Händen, zog mich auf die Beifahrerseite in seine Richtung und küsste mich auf die Backe!! Hallo!?! Was ist denn bei dem kaputt? Ist der denn völlig bescheuert?!? Oder total bekloppt?!? Aber ehe ich etwas dazu sagen konnte, meinte er gleich darauf mit einem schallenden Gelächter, einem strahlen im Gesicht und seinem tiefen und lauten Organ, dass ich ihm gratulieren dürfte, denn er sei heute Nacht Vater von Zwillingen geworden!!! Ich habe mich für ihn gefreut, nein, ich habe mich sogar riesig für ihn gefreut, er hatte Freudentränen in den Augen und am liebsten hätte ich mit ihm zusammen geweint. Wenn nicht sogar mit ihm zusammen gefeiert. Ob es nur wegen seiner jungfräulichen Vaterschaft war oder ob der vorherige Fahrgast auch noch eine Rolle spielte, weiß ich nicht. In mir wollte sich etwas entladen! Etwas Angestautes und Großes wollte sich entladen, und ich konnte mich nur sehr schwer zusammenreißen, dass ich nicht losheulte wie ein Kleinkind.

    Aber, - thats Life. Manchmal kommt mir das Taxifahren vor wie eine Reality-Show in 4D. Und ich bin einer der Hauptdarsteller.

05 - Der Mann an der Ecke

Ich stand am Ulmer Hauptbahnhof. Es war Herbst und es dämmerte bereits. Das Laub lag schon auf den Straßen und der Wind blies schon eisig um die Häuser. Der Auftrag kam nach langer Wartezeit. Ich bekam ihn über Funk in mein Taxi und ich sollte einen Herrn an einer Straßenecke abholen. Der Auftrag war auf dem Michelsberg und die Adresse lautete Eythstraße Ecke Prittwitzstraße. An dieser Ecke fahren in aller Regel sehr viele Taxen vorbei, denn dort befindet sich ein Teil des Klinikareals, zwei Taxistände und damit natürlich auch viel Taxibetrieb. Es war also Eile geboten denn sonst kann es passieren, ich fahre umsonst dorthin. Wenn ein anderes Taxi in der Zwischenzeit dort vorbeifährt und heran gewunken wird, ist mein Fahrgast weg. Zwar mag in diesem Moment, als ich den Auftrag erhalten habe, kein freies Taxi in der Nähe gewesen sein, aber das kann fünf Minuten später schon wieder ganz anders aussehen. Also gab ich Gas und sah zu, schnell bei ihm zu sein. Der Ampel-Gott war ausnahmsweise Mal mit mir und ich kam zügig durch den Verkehr. Ich glaube, ich habe die Strecke in unter zehn Minuten zurückgelegt und ich hatte Glück, denn er stand noch da. Ich schätzte ihn auf rund 60 Jahre, zierlich, fast schon gebrechlich, zerzauste weise Haare, so groß wie ich selber aber sehr gepflegtes Erscheinungsbild. Er hätte von seinem Alter her jedenfalls locker mein Vater sein können. Er sah mich kommen und er ließ seinen Blick nicht mehr von meinem Taxi. Das war mein Fahrgast, ich war mir sicher. Aber er machte keine Anstalten, dass er auf ein Taxi wartete, er hob nicht die Hand, auch kein Nicken oder sonstiges was die Leute ebenso machen, die auf ihr Taxi warten und es sehen, wenn es näherkommt. Aber er war der Einzige der an dieser Straßenecke stand. Ich hielt vor ihm an, öffnete das Fenster auf der Beifahrerseite und fragte ihn, ob für ihn das bestellte Taxi sei. Eine Antwort kam von ihm nicht, stattdessen fing er an zu weinen, und das sehr bitterlich. Es ist regelrecht aus ihm herausgebrochen. Er weinte, schluchzte und die Tränen kullerten über seine roten Backen. Ach du lieber Himmel, was ist denn nun schon wieder?, ging es mir durch den Kopf. Tja, was nun? Ihn trösten? Ich wusste ja nicht mal was er hatte. Schmerzen? Einen Unfall? Oder sogar einen Todesfall? Ich ließ mein Taxi mit eingeschalteter Warnblinke auf der Fahrbahn stehen und ging um das Auto zu ihm. Was mache ich denn jetzt bloß? Und vor allem: Was mache ich mit IHM?? Ich fragte ob alles in Ordnung ist und ob ich ihm helfen kann. Gleichzeitig hätte ich mich selber ohrfeigen können. Natürlich ist nicht alles in Ordnung. Sonst würde er ja schließlich nicht so heulen. Und dass einer solche Freudentränen bekommt, nur weil sein bestelltes Taxi gekommen ist, - das gab es glaube auch noch nicht. Wie lange wir dort neben dem Auto auf dem Gehweg standen, und ich versuchte ihn zu trösten, weiß ich nicht mehr. Es waren sicherlich einige Minuten. Als er sich wieder zumindest halbwegs beruhigt hatte, wollte ich wissen was denn los ist, wie ich ihm helfen kann und vor allem wohin er denn nun eigentlich wollte. Er erzählte nicht viel. Nur so viel, dass er wohl von seiner Frau aus dem Haus geworfen wurde, seine Kinder auch nichts mehr mit ihm zu tun haben wollten und er seinen Job verloren hatte weil sein Arbeitgeber Pleite gegangen war. Und nun wüsste er nicht mehr wohin er gehen sollte. Na ja, dass alles zusammen kann einem schon mal den Boden unter den Füßen wegziehen. Das wäre mir bestimmt auch zu viel geworden, dachte ich mir. Aber was sagt man da am besten? Wird schon wieder? Morgen sieht alles ganz anders aus? Das hätte ich mir selbst nicht geglaubt. „Wohin kann ich sie denn nun bringen? Zu einem Freund vielleicht?", versuchte ich das ganze mal in eine Richtung zu steuern. Aber er hatte keine Freunde hier in Ulm, meinte er nur kurz. „Na gut, gibt es sonst jemanden? Geschwister vielleicht?", versuchte ich es erneut, aber auch das ginge nicht, gab er an. Ja um Himmels Willen, was mache ich mit dem denn nur, schoss es mir abermals durch den Kopf. Mir fiel nichts Sinnvolles mehr ein. Außer, … in Ulm gibt es ein paar Kneipen, so richtig typische ich-lass-mich-voll-laufen-Kneipen, in denen jeden Freitag und jeden Samstagabend die gleichen Typen (und auch Frauen!) auf den gleichen Stühlen sitzen, das Gleiche trinken und ich meine sogar immer das Gleiche reden. Ich bin mir sicher, die haben alle in irgendeiner Form das gleiche Leid zu klagen. Kein Job, keinen Partner, keine Perspektive, oder was auch immer. Es mag sich krass anhören, aber mir ist beim besten Willen nichts Besseres mehr eingefallen. Ich dachte mir, dass er dort so eine Art Selbsthilfe-Gruppe findet. Die ihm vielleicht erzählen von anderen, denen es ähnlich ging und wie man(n) das wieder in den Griff bekommt. Am

Tisch sitzen und in der Runde seinen Schmerz von der Seele reden. Ja. Das wäre vielleicht eine Lösung. Oder zumindest an der Theke lümmeln und dem Barkeeper mal reinen Wein einschenken und einweihen in die Problematik. Der hatte sicherlich auch mehr Erfahrung damit. Kennt man aus unzähligen Filmen, dass der Barkeeper für so manch´ einsame Seele herhalten muss. Diese Berufsgruppe könnte sicherlich auch sehr viel erzählen. Ich meine, ich höre auch oft, sogar sehr oft was meinen Kunden alles widerfahren ist, manchmal positiv, manchmal echt schlimm. Manchmal sogar die intimsten Geheimnisse. Macht mir nichts, ich höre mir das an, gebe eventuell einen Kommentar dazu oder vielleicht sogar einen Ratschlag, und die Leute steigen besser gelaunt wieder aus dem Taxi aus. Klappt eigentlich immer. Irgendwie habe ich da vielleicht ein Händchen dafür, die Menschen wieder zu motivieren, ich weiß es nicht. Als Taxifahrer ist man nicht selten Seelen-Klempner. Das sind wir schon beinahe gewohnt und bekommen wirklich alles, was man so erleben kann, auch geschildert. Das höre ich auch immer wieder von Kollegen. Irgendwie scheinen wir Taxifahrer wie eine Vertrauensperson auf einige Menschen zu wirken. Da bekommst du Sachen zu hören, völlig irre. Die verrücktesten Geschichten. Aber, großes ABER, die wussten alle wohin sie wollten! Der arme Tropf dieses Mal aber nicht! Also gut, zusammen mit einem Schluchzen war er einverstanden mit meinem Vorschlag und wir sind in die nächste Kneipe in der Innenstadt gefahren. Da gibt es Bier, viel Bier. Und wie sagt man so schön? Viel hilft viel. Hoffe ihm hilft es auch ein wenig, und wenn es nur für diesen Abend ist. Und wer weiß, eventuell findet er dort sogar einen Leidensgenossen mit dem er in Zukunft mehr Zeit verbringen wird. Dann hat er einen Freund oder zumindest Kumpel gefunden in dieser Stadt.

In diesen Kneipen sieht man, wie ich schon erwähnte, immer wieder die gleichen Gesichter. Aber ihn habe ich nie wiedergesehen.

06 - Der Möbelpacker

Ich war auf dem Rückweg aus dem Industriegebiet Donautal in Richtung Innenstadt, als mein Funkgerät klingelte, sich ein neuer Auftrag ankündigte und mich damit völlig aus meinen Gedanken riss. Kennt ihr das? Man fährt und fährt, eine Strecke bei der du nicht überlegen musst wohin du fährst, die Gedanken fangen an zu kreisen und man versinkt regelrecht darin. Wie in einem Traum. Nur mit offenen Augen. Das Auto fährt wie von alleine, fast wie mit Auto-Pilot, die Richtung stimmt ebenso, und plötzlich reißt es einen aus seinem Tagtraum. „Ups, bin ich schon hier?", denke ich dann meist. Dieses Mal war es die Klingel aus meinem Funk, die mich ohne Vorwarnung wieder in das Hier und Jetzt zurückkatapultierte. Ich nahm den Auftrag an. Er öffnete sich und ich las die Beschreibung dieser Fahrt. Es war aber eine sehr seltsame Beschreibung des Auftrags, denn es ging um zwei Betten, um die dritte Etage, um ein „behilflich sein", aber keine Transportstrecke. Hä? Was denn nun? Ich konnte mir keinen Reim aus dem Text machen und ich rief mit meinem Telefon in der Zentrale an und fragte nach, was sie denn genau gemeint hatte beziehungsweise was denn der Kunde gerne wollte. Ich jedenfalls verstand den Auftrag nicht im Geringsten.

Eines muss ich vielleicht noch kurz erklären. Inzwischen haben wir in unseren Taxen ein Datenfunkgerät. Das Gerät klingelt, wenn ein Auftrag ansteht und ich nach einem bestimmten Reglement an der

Reihe oder berechtigt bin, ihn zu bekommen. Ich habe dann wenige Sekunden Zeit das Angebot anzunehmen oder nicht. Wenn ich es annehme öffnet sich der Auftrag und ich kann sämtliche Daten von ihm wie eine SMS lesen. Name, Adresse, und so weiter. Wenn ich ihn nicht annehme, bekommt ihn der nächste berechtigte Kollege angeboten. Und so weiter. Wenn ich ihn nicht angenommen habe, erfahre ich aber auch nicht mehr, um was es sich drehte. Jedenfalls ist es nichts Besonderes wenn wir Möbel transportieren. Kühlschränke, Fernseher, kleine Möbelstücke, was ebenso alles in ein Taxi reinpasst. Manchmal beinah halbe Umzüge. Auch Tiere sind keine Seltenheit. Eine Kundin beispielsweise schickt ihren Hund, einen Pudel, regelmäßig zum Hundefriseur, und wenn er fertig ist bringen wir den Hund ihr wieder zurück. Die Kundin selber fährt dabei gar nicht mit und bezahlt nicht nur die Fahrt sondern auch den Haarschnitt für ihren Hund im Voraus. Auch Einkäufe, also Lebensmitteleinkäufe meine ich, führen wir durch. Der Kunde gibt bei der Zentrale an was er alles braucht und der Taxifahrer legt los. Oder, auch sehr beliebt: Pilotfahrten. Der Kunde bestellt ein Taxi mit Pilot. Der erste Taxifahrer bringt den Kunden heim und der zweite Taxifahrer (Pilot) fährt das Auto des Kunden heim, wenn er nicht mehr selber fahren kann. Kostet natürlich das Doppelte, eben für jeden die beiden Fahrer jeweils den Fahrpreis. Ich will damit sagen, dass es eigentlich schon fast nichts gibt was es nicht gibt. Und somit dachte ich mir noch nichts bei dem Auftrag mit dem Bett. Betten werden ebenso wie sämtliche andere Möbelstücke gelegentlich transportiert.

Die Adresse, um die es sich handelte, war am unteren Kuhberg und ich war nur wenige Hundert Meter entfernt. Ich wäre gleich dort gewesen. Aber die Zentralistin erklärte mir, ich solle im dritten Stockwerk ein Bett abbauen und die Treppe runter auf die Straße tragen. Dort wiederum stünde ein neues Bett das ich in den dritten Stock hochtragen und aufbauen sollte. Zum Transportieren sei das alte Bett aber nicht denn es wird abgeholt. Wie? Was soll ich?? Bin ich Möbelpacker? Oder Möbelbauer? Hallo?!? Geht's noch? Ich bin Taxifahrer! Personenbeförderung! in erster Linie. Ich bin, wie oben schon kurz erwähnt, einiges gewöhnt was die Aufträge der Kunden angeht und wundern tut mich auch nicht mehr viel. Auch bin ich mir für Besorgungsfahrten oder solche Aktionen nicht zu schade, solange es wenigstens im Geringsten mit Fahren zu tun hat. Aber das ging mir dann doch etwas zu weit und ich gab den Auftrag an die Taxenzentrale zurück. Leider habe ich nicht erfahren, ob sie für diesen Auftrag auch einen bereitwilligen Taxifahrer gefunden hatte. Hätte mich ja schon brennend interessiert, ob, und vor allem wenn ja, wer, diesen Job gemacht hätte, ...

Ein Hinweis an dieser Stelle für euch Leser: Egal, um was es sich dreht, für was oder wofür ihr jemanden braucht, ruft doch mal bei der Taxenzentrale an. Wer weiß, fragen kann man ja mal, ...   ;-)

07 - Schnee-Chaos, ohne Navi, und dann noch in München!

In den Anfängen meiner Taxifahrerei hatte ich in einer Winternacht das Glück, mit einem Fahrgast vom Ulmer Hauptbahnhof zum Münchner Hauptbahnhof zu fahren. Für Ortsfremde, das sind rund 140 km und schneller und guter Umsatz. Ich muss kurz erklären. Es fing in dieser Nacht plötzlich an zu schneien, und das ziemlich kräftig. Es schneite riesige und sehr dicken Flocken, die durch die Kälte auch sofort liegengeblieben sind. In solchen Nächten bei plötzlichem Schneefall läuft das Taxigeschäft schlagartig wie verrückt! In diesen Stunden kann man sich vor Aufträgen nicht mehr retten, denn es will keiner von den Nachtschwärmern mehr laufen und viele lassen ihre Fahrzeuge stehen und fahren nicht mehr selber. Aber gleichzeitig kann man natürlich auch nicht mehr so problemlos fahren wie man es in diesem Moment gerne würde. Man wird vor allem durch andere Fahrzeuge mit unsicheren Fahrern oder schlecht ausgestatteten Fahrzeugen ausgebremst. Die sind dann beispielsweise mit miesen Winterreifen oder sogar mit Sommerreifen unterwegs und entsprechend überrascht von dem plötzlichen Schneefall. (Wie kann es auch mitten in den Wintermonaten anfangen zu schneien?!?) Von quer stehenden Lastwägen und solchen Dingen will ich erst gar nicht anfangen. Von der Uhrzeit muss es gegen 22 Uhr gewesen sein, als wir in Ulm am Hauptbahnhof gestartet sind. Das war Ende der 90er und Handys waren noch nicht Standard. Von einem Smartphone oder einem Navi ganz zu schweigen. Jedenfalls hat es während der Fahrt sehr heftig angefangen zu schneien und innerhalb kürzester Zeit waren die Straßen weiß bedeckt. Ich muss dazu sagen, dass ich das liebe! Schneebedeckte Straßen, wenn das Auto in den Kurven kontrolliert ins Rutschen kommt und mit dem Gaspedal durch die Kurven dirigiert und gelenkt werden kann, finde ich eine herrliche Situation und habe dabei meinen größten Spaß. Ich finde es schon regelrecht schade, wenn dann morgens gegen fünf Uhr die Räumdienste beginnen die Straßen wieder zu räumen und das Salz zu werfen. Ohnehin, das Salz ist schädlich für die Umwelt UND für unsere Autos und ich bin ein völliger Gegner von dieser Salzstreuerei. Die Kosten für die Kommunen und Städte könnten, wenn es nach mir ginge für einige sinnvollere Sachen ausgegeben werden, von denen wir dann alle auch unter dem Jahr etwas hätten und nicht nur in Schneenächten im Winter. Was ich besonders nicht leiden kann ist, wenn das Schmelzwasser von dem Salz wieder zu Eis wird, und dann die Straßen tückisch rutschig werden, ohne dass man es erkennt! Eben noch eine nasse Straße unter den Rädern und hinter der nächsten Kurve vielleicht schon rutschig und alles bedeckt mit Glatteis! Dann hat man ein ziemlich böses Erwachen! Viel Glück jedem der das schon mal erlebte! Auf schneebedeckter Straße weiß ich woran ich bin und kann meinen Fahrstil entsprechend anpassen. Und für Autofahrer, die nicht eine solche Routine besitzen oder vielleicht ängstlich sind, wäre das sicherlich auch nicht schlimmer, als eine Überraschungs-Glatteis-

Straße, ... Außerdem gewöhnt man sich sehr schnell an Schnee auf der Straße, das kann ich mir bei plötzlichem Glatteis nicht vorstellen! Dazu kommt noch, dass man ständig die Scheibenwaschanlage benutzen muss, wenn man in der Kolonne auf einer gesalzenen Straße fährt, igitt. Ihr merkt schon, das ist ein völliges Reiz-Thema für mich. Aber jetzt bin ich doch etwas von dem eigentlichen Thema abgeschweift, denn ich hatte inzwischen meinen Fahrgast sicher am Münchner Hauptbahnhof abgeliefert und war auf dem Rückweg. Als ich die Autobahn auf der Hinfahrt verlassen hatte in Richtung Hauptbahnhof München, habe ich mir die Strecke bis zum Zielort gut gemerkt, denn ich war zum ersten Mal in München und hatte keine Ahnung wo ich hinmusste und kannte mich nicht im Geringsten aus! Also versuchte ich mir die Strecke von dem Ende der Autobahn bis zum Hauptbahnhof möglichst gut zu merken, damit ich auf dem kürzesten Weg wieder zurück zur Autobahnauffahrt Richtung Ulm finden würde. Als ich nur noch etwa 300 Meter von der Autobahnauffahrt entfernt war und die Autobahnschilder bereits erkennen konnte war ich ziemlich erleichtert. Es schneite immer noch sehr heftig, der Scheibenwischer lief im Dauereinsatz. Der Schnee auf den Straßen lag schon einige Zentimeter hoch, denn beim Ein- und Aussteigen vor dem Bahnhof rieselte der Schnee schon von oben in den Schuh hinein. So in Gedanken versunken, der Radio dudelte vor sich hin, sprang mir plötzlich ein Mann zwischen den geparkten Autos am Fahrbahnrand vor mein Taxi! Ich erkannte ihn erst, als er in den Scheinwerferkegeln von meinem Taxi zu sehen war! Er war dunkel gekleidet und selbst das Licht der Straßenlaternen wurde von den Bäumen geschluckt. Ich zuckte zusammen. Er stellte sich auf die Straße, hatte beide Arme zu mir ausgestreckt mit den Handflächen voraus und wollte mich stoppen! Ich bekam einen Riesenschreck, denn mein Blick war bereits Richtung Autobahnauffahrt gerichtet und außerdem war ich in Gedanken wie die Fahrt über die verschneite Autobahn gehen würde! Ich legte eine Vollbremsung ein, aber auf Schnee hatte es natürlich nicht die Wirkung die ich mir in diesem Moment wünschte! Das Auto rutschte auf den Mann beinahe unaufhaltsam zu und an Ausweichen war in diesem Moment ebenfalls nicht mehr zu denken. Das Anhalten kam mir wie eine kleine Ewigkeit vor! Ich bekam Kopf-Kino und sah schon vor meinen Augen wie er gleich über meine Motorhaube fliegen würde! Der Mann machte aber keinen Anstalten die Fahrbahn wieder zu verlassen und blieb wie angewurzelt stehen! Und das, obwohl mein Taxi rutschte und rutschte! Nur wenige Zentimeter vor seinen Kniescheiben hatte ich das Taxi endlich zum Stillstand bekommen. Mein Herz hatte, glaube ich, aufgehört zu schlagen, geatmet habe ich in diesen Sekunden auch nicht mehr und als ich mich wieder halbwegs gefangen hatte war er bereits an meiner Beifahrertüre, riss diese mit einem Ruck auf und er schnauzte mich derb in seinem Münchner Dialekt an: „Was ist denn bei euch los? Erst hänge ich bei der Taxenzentrale ewig in der Warteschleife bis mal jemand an das Telefon geht und dann bekomme ich zu hören das keine Taxen im Moment frei wären!?! Was soll denn diese Schei...?!?" Er war stinksauer, das war jetzt deutlich! Nur, in solchen Nächten ist es eben, sagen wir mal, turbulent, und das kann der Kunde im ersten Moment nicht nachvollziehen, wenn es heißt, heute bekomme er kein Taxi! Aber was soll ich machen? Erstens kann ich auch nichts für das Wetter, und zum zweiten war ich ja wirklich nur absolut zufällig gerade dort, denn eigentlich bin ich ja ein Ulmer Taxi und somit über 100 Kilometer weg von meinem eigentlichen „Revier"! Das versuchte ich ihm zu erklären als ich wieder ein Wort herausbekommen hatte. Interessierte ihn aber nicht und ich solle ihn nun endlich in die XY-Straße bringen! (Ich weiß den Namen nicht mehr) Auch, dass ich keine Ahnung hatte wo die Straße war, wollte er nicht hören, er würde mir schon sagen wo es lang ginge war seine pampige Antwort. Nun ja, ich war zwar noch nicht wieder ganz bei Sinnen, fuhr aber los. Nach seinen Anweisungen. Rechts, links, Stopp, darauf hatten wir uns geeinigt. Nach rund 15 Minuten durch Wohngebiete, Anliegerstraßen und rund 16 Mark auf der Uhr waren wir am Ziel. Er bezahlte mit ordentlichem Trinkgeld, bedankte sich nochmal für das Anhalten (!) und entschuldigte sich für sein Verhalten. Damit stieg er aus und schlug die Tür zu. Und schon war er weg. Tja, er war weg und dort wo er hinwollte. Aber wo zum Henker war ich?? Irgendwo in München! Nicht mal Straßenschilder waren eine Hilfe bei der Suche nach der richtigen Richtung denn sämtliche Straßenschilder waren stark verschneit und somit unleserlich! Und ein Navi gab es ja noch nicht! Umherlaufende Menschen habe ich auch keine getroffen die ich hätte fragen können und an der einzigen Tanke an der ich vorbeikam, war

Feierabend. Klar, ich bin ja mit dem Fahrgast nur durch Wohngebiete und abseits der Hauptstraßen gefahren! Wie sagt man so schön? Erst hatte ich kein Glück und dann kam noch das Pech dazu! Aber was soll´s. Ich fuhr so lange in die vermutete Richtung, bis ich wieder etwas auf den Schildern lesen konnte beziehungsweise bis ich etwas wiedererkannte. Aber das wollte nicht klappen. Ich erkannte einfach nichts wieder und den exakten Weg zurückfahren bis zur der Stelle an der der Fahrgast einstieg ging ebenfalls nicht, da ein paar Einbahnstraßen auf der Strecke waren. Der Schneefall hörte auch nicht mehr auf und der Scheibenwischer lief immer noch im Dauereinsatz. Die Rückfahrt von dem Überraschungsgast dauerte dann zirka dreimal so lange, ich schätze so 45 Minuten bis eine Stunde, bis ich endlich wieder wusste wohin ich musste um wieder zurückzukommen! Und diese Zeit kam mir ewig vor, als ob sie stehen geblieben wäre. Wenn ich das geahnt hätte! Endlich auf der Autobahn, nahm die Rückfahrt auch noch über zwei Stunden für sich in Anspruch denn auf der A8 waren doch noch einige „Mutige" unterwegs, die sich selber beziehungsweise ihr Fahrzeug doch überschätzten. Zurück in Ulm, konnte ich in dieser restlichen Nacht noch einen sehr guten Umsatz machen, denn das Geschäft lief immer noch irre gut. An jeder Ecke standen tief gefrorene Kunden mit „Schneemützen" auf dem Kopf, die sehnsüchtig auf ein Taxi warteten. Die Straßen waren noch mal eine ganze Ecke stärker bedeckt wie in München und vor allem: Kein Verkehr auf den Straßen der mich bremste! Herrlich!

08 - Die Kelle

Ich war auf dem Rückweg von Blaustein in der Lindenstraße Richtung Ulm als etwas sehr knapp ein roter Golf von links aus der Heilmeyersteige kommend vor mir einscherte. Es war schon ziemlich spät am Abend und eher schon dunkel als noch in der Dämmerung. Vorfahrt hatte nicht er, sondern ich. Aber der Fahrer hatte es wohl eilig und gab gleich im Anschluss Gas als ob er sich einfach verschätzt hatte. War ja in Ordnung, wird jedem schon mal selber passiert sein. Solange er dann zügig weiter fährt ist es entschuldigt. Nur, wenn manche knapp vor mir einscheren und danach ihr Gaspedal nicht finden, da werde ich schon mal etwas sauer. Denn wenn man es nicht eilig hat, kann man auch hinter mir einscheren und muss nicht mich zum Bremsen nötigen. Aber egal, er fuhr ja gleich ziemlich zügig weiter in die gleiche Richtung wie ich. So weit so gut. Als er dann so vor mir fuhr, ging seine Innenleuchte mehrmals an und wieder aus. Dabei sah ich, dass drei junge Männer im Auto saßen, die sich immer wieder zu mir umdrehten und nach mir Ausschau hielten. Dabei wurde der Golf mal langsamer und mal wieder schneller. Seltsam. Auch fuhr er Schlangenlinien als ob er nebenher weiß der Herr was noch alles macht. Plötzlich ging vorne rechts die Türe auf und der Beifahrer lehnte sich aus dem Auto und sah zu mir nach hinten. Wohlgemerkt bei ca. 60km/h! Als dann kurz darauf rechts eine größere Einfahrt kam, schaute plötzlich eine rote Polizeikelle aus dem Beifahrerfenster und winkte mit einem roten Licht. Der Golf setzte den rechten Blinker und bog in die Einfahrt ab. Erst wurde mir kurz mulmig. War das eine zivile Streife? Sollte ich ihm folgen? Und vor allem warum? Ich war mir keiner Schuld bewusst! Und was sollten die Faxen die der Fahrer bis hierher machte? Ich dachte kurz nach, ihm tatsächlich zu folgen. Beschloss dann aber kurzfristig, dass es wohl eher ein Streich von Jugendlichen ist und fuhr weiter zum Ulmer Hauptbahnhof. Auf der Fahrt zum Taxistand dorthin bekam ich jedoch ein schlechtes Gewissen. Was wenn es doch eine zivile Streife war? Was wenn die mich jetzt suchen? Habe ich eine polizeiliche Anweisung missachtet? Verdammt! Was mache ich jetzt bloß? Also gut, im Bahnhof ist eine Dienststelle der Polizei und ich bin dort rein, habe die ganze Geschichte erzählt und der Beamte hatte fleißig mitgeschrieben. Er meinte noch, dass das KEINE zivile Streife war und ich mich um nichts Weiteres kümmern bräuchte. Ich habe ihm dann noch erzählt, dass ich gerade erst mit meiner Schicht begonnen hatte und ob ich mich nochmal melden sollte, falls ich ihn sehe würde. Denn Ulm ist nicht sooo groß und sehr viele Fahrzeuge sieht man öfter als nur einmal fahren. Besonders wenn es ein Kennzeichen aus der Ulmer/Neu-Ulmer Stadt hat, so wie eben dieser Spaßvogel. (Es war dazu noch ein sehr markantes Kennzeichen!) Der Beamte reichte mir eine Telefonnummer unter der ich mich melden sollte, falls ich ihn nochmal treffen würde. Ok. Das dürfte eventuell machbar sein. Wie es der Teufel will, machte ich nur eine einzige Tour und schon fuhr er mir direkt vor die Nase. OK, Kumpel, erst hattest **du** deinen Spaß, jetzt bin **ich** dran!! Ich rief die Telefonnummer an, die ich von dem Beamten bekommen hatte und sagte ihm, dass der Golf gerade direkt vor mir an der Ampel am Ehinger-Tor stünde Richtung Westen. Der Beamte fragte mich, ob ich gerade Zeit hätte an ihm dran zu bleiben und ihm ständig die Straßen und Richtung durchgeben könnte dann würden sie sofort eine Streife losschicken. Ich bejahte, denn ich war gerade frei und hatte noch keinen Folgeauftrag bekommen. Allerdings rechnete ich nicht damit, dass die Fahrt dann noch knapp eine halbe Stunde weiterging! Über den Ulmer Ortsteil Söflingen, über den Kuhberg, auf die Umgehungsstraße Kurt-Schuhmacher-Ring nach Wiblingen weiter über die B30 bis Ausfahrt Donaustetten, wieder zurück über die Landstraße bis Unterweiler, dort links ab Richtung Wiblingen und ständig gab ich dem Polizisten an wo wir gerade sind und wo es gerade weiterging. Mann wo bleiben die denn nur so lange, fragte ich mich öfter, als ich den Golf kilometerlang verfolgte. Das Auto vor mir, den Polizisten am Telefonhörer und es passierte nichts. Nichts, nichts und nochmal nichts. Der Golf versuchte mich weder abzuhängen, noch schien er zu kapieren, dass ich ihn verfolgte. Er fuhr total normal und ich hinter ihm her. Stinklangweilig war es und ich bereute es schon für diesen Unsinn zugestimmt zu haben. Doch plötzlich fragte mich der Polizist ob wir jetzt gerade zwischen Unterweiler und Wiblingen seien! Hallo?!? Ist der taub? Eben habe ich ihm geschildert, dass wir nun eben auf genau dieser Strecke sind! Also bejahte ich. Was sonst? Gerade als ich fragen wollte, wann denn nun der Streifenwagen endlich kommen würde, sagte er mir, dass sie jetzt selber übernehmen würden. „Übernehmen?? Was denn?!? Wo seid ihr denn??" Ich hatte noch nicht ganz ausgesprochen, da flog ein Streifenwagen mit Martinshorn und Blaulicht wie aus dem Nichts an mir vorbei! Ich bin total erschrocken, denn ich sah nicht mal Scheinwerfer von hinten ankommen, geschweige denn einen fahrenden Christbaum in der Dunkelheit! Beinah zeitgleich kamen zwei Polizeiwagen aus der Gegenrichtung und versperrten die Fahrbahn! Was dann geschah kenne ich eigentlich nur aus dem TV! Die Beamten drängten den Golf von der Landstraße ab und zwangen den Golf somit zum Stoppen, stiegen sehr schnell aus, es waren schätze ich 6-8 Beamte, und mit vorgehaltenen Waffen und ziemlichem Gebrülle zwangen sie den Fahrer auszusteigen! Ok ok Jungs, das war mir dann doch etwas zu viel! Sogar viel zu viel! Und so wollte ich das eigentlich auch nicht! Als die mit ihren Waffen wild rumfuchtelten, wurde es mir dann doch etwas zu mulmig und ich legte den Rückwärtsgang ein und ließ mich einige Meter zurückrollen. Von Weitem konnte ich nur wenig erkennen. Es sah nach Kontrolle der Papiere aus. Nach wenigen Minuten kam eine blonde, hübsche Polizistin zu Fuß die Straße entlang auf mich zu und meinte trocken ich könne nun gehen, das hier sei abgeschlossen. Hä? Das war es? Nichts weiter? Nö, sie bräuchten mich nicht weiter und wenn noch was sein sollte hätte sie ja meine Daten. Mit zitternden Knien bin ich an den Streifenwagen vorbeigefahren und sah den „Täter" im Einsatzwagen sitzen. Anschließend bin ich dann zurück zu unserem Haupt-Taxi-Standplatz am Ulmer Hauptbahnhof gefahren. Kaum dort angekommen fragten mich ein paar Kollegen ob ich derjenige gewesen sei, der mit der Polizei zusammen irgendwelche Verfolgungen durchführen würde?!? Bitte was? Woher zum Teufel wissen die das denn? Und vor allem so schnell?!? Was mich nur bestätigte, dass Ulm ein kleines Dorf ist, wenn es darum geht etwas Neues zu erzählen ... Nur was aus dem Typen in dem Golf wurde, das erfuhr ich nie, ...

09 - Kann ich dich buchen?

Es war am frühen Abend. Ein normaler Auftrag, aber kein normaler Kunde. Eine unauffällige Postadresse eines Hotels am Stadtrand. Er kam gleich mit einem Lächeln im Gesicht, als ich vor der Türe am Hotel hielt, auf mich zu, setzte sich und begann sofort das Gespräch. Laut seinen Erzählungen war er ein Kapitän. Und dazu hat er mir dann auch gleich erzählt wie lange sein Schiff ist, wo er fährt, was er transportiert und noch einiges mehr. Aber er war nicht ein Kapitän wie man sich nun mal eben so einen typischen Kapitän vorstellt. Also nicht von der AIDA, Traumschiff oder so, nein nein, eher wie von einem nicht mehr ganz seetüchtigen Fischkutter, der seine besten Tage schon längere Zeit hinter sich hatte. Der Typ war etwas untersetzt, etwa 70 Jahre alt, weißer Vollbart, unter denen seine roten Backen leuchteten, ungefähr 1,70 groß, etwas verlottert angezogen, mit einem bis zu den Schenkeln reichenden dunkelgrünem Frack, und einer typischen Seemannsmütze mit einem kleinen Schirm vorne dran in der Ausführung „Bloß-nicht-waschen-die-ist-erst 40-Jahre-alt" auf dem Kopf unter denen links und rechts sein weißer Schopf heraus quillte. Jedenfalls war er fremd in der Stadt, kannte niemanden und wollte aber einen „ordentlich drauf" machen. Ich empfahl ihm ein paar Lokalitäten wo ich meinte, dass sie ihm ganz gut gefallen könnten. „Kann ich dich buchen?" kam die Frage von ihm. „Bitte was?" Was ich dafür haben wollen würde, wenn ich mein Taxi parken und ihm die ganze

Nacht Gesellschaft leisten würde. Die GANZE NACHT über! Er würde mir auch sämtliche Getränke, Eintritt und was noch so anfallen sollte, bezahlen. Ich hatte keine Ahnung was ich sagen sollte, denn als Call-Boy war ich dann doch nicht erfahren! Ich nannte ihm einen überzogenen Preis in der Hoffnung, dass er das ablehnen würde, denn so richtig Lust hatte ich nicht, mir die ganze Nacht irgendein Seemannsgarn anzuhören. Aber das Gegenteil war der Fall, er legte noch einen Hunderter oben drauf und war begeistert! Na gut, am Geld scheint es nicht zu fehlen. Aus der Nummer kam ich jetzt nicht mehr raus. Ich spielte noch meinen letzten Trumpf aus, dass ich aber ab vier Uhr morgens noch Stammgäste zu bedienen hätte und bis dahin ginge es. Also gut, deal.

Die Nacht ging dann viel schneller vorbei als ich anfangs befürchtete, denn er war nicht nur äußerst unterhaltsam und amüsant, er war auch sehr kontaktfreudig. Er war auch mit allen Menschen, die wir auf dieser Kneipentour trafen, ebenso sofort im Gespräch wie mit mir und so schlossen wir viele „Freundschaften" an diesem Abend. Er wirkte nicht nur auf mich auf irgendeine Weise sympathisch und so, als ob er keiner Fliege etwas zuleide tun könnte. Wir sind an diesem Abend nicht nur in Wirtschaften und Kneipen gelandet, sondern er wollte möglichst viel von dem Nachtleben in Ulm kennenlernen und so sind wir bestimmt jede Stunde wieder aufgestanden und haben die Location gewechselt. Wie bei vielen anderen auch, sind wir am Ende dann auch noch im Rotlicht-Viertel durch die bunt beleuchteten Häuser gezogen, haben dort an den Theken gesessen und er hat wie an den anderen Zwischenstationen auch schon, die dortigen Menschen und dort arbeitenden Mädels alle gleichzeitig unterhalten. Auf eine eigenartige Weise hat er die Nachtschwärmer in kürzester Zeit in seinen Bann gezogen und sie lauschten seinen Erzählungen mit großen Augen. Es war immer wieder eine seltsame Stimmung - und er stand im Mittelpunkt. Ich blieb den Abend über bei den alkoholfreien Getränken, denn ich musste ja noch fahren. Als es dann auf das Ende dieser Nacht zuging, hatte er ordentlich einen im Tee und er bat mich, ihn in sein Hotel zu bringen. Er bezahlte wie immer die Zeche, wir gingen zu meinem Taxi und er bat mich ihn in sein Hotel zu bringen. Ich habe mich bei ihm bedankt für diesen sehr unterhaltsamen Abend und wünschte ihm alles erdenklich Gute für ihn, seinen Kutter und seine Zukunft. So kurzweilig war schon lange keine Nacht mehr! Auch er bedankte sich überschwänglich für diesen äußerst tollen Abend, er hätte schon lange nicht mehr so viel Spaß gehabt und er wird Ulm in toller Erinnerung behalten. Er hatte ein zufriedenes Grinsen im Gesicht, seine Backen leuchteten noch röter als zu Beginn und er verschwand hinter der Hoteltüre. Fast hätte ich meinen können, den leibhaftigen Weihnachtsmann unterhalten zu haben. Und dass er nicht einen „Kutter", sondern eher einen Schlitten führte, …

    Was für eine tolle Nacht! Gute Nacht, Weihnachtsmann.

10 - Wohin? Bssssssssss!!

Es war am frühen Abend, die Sonne stand schon tief und warf große Schatten über den Münsterplatz, der Wind blies nur sehr verhalten über den Platz, nur vereinzelt liefen Menschen umher auf dem Weg zum nächsten Bier oder vielleicht zur nächsten Verabredung. Ein Mann, mittelgroß, leichtes Übergewicht, gepflegt und im mittleren Alter kam etwas torkelnd auf mein Taxi zu. Der Taxistand war damals noch in der Neuen-Straße am Münsterplatz vor dem Wienerwald, die es beide dort nicht mehr gibt. Weder den Wienerwald noch den Taxistand. Den Kunden sah ich schon von Weitem über den Münsterplatz kommen und sofort war mir klar: Der ist nicht mehr alleine! Nein, der hatte sich einen ordentlichen Affen angetrunken. Die viele Flüssigkeit in ihm schien mächtig zu schwanken. Er schwankte mit ihr mit, lief also Slalom, aber trotz dem Alkohol immer noch zielstrebig zu meiner Beifahrertüre. Man sah ihm seine Mühen an, wie er sich zusammenriss, um möglichst nicht aufzufallen. Kaum hatte er mein Taxi erreicht, und den Türgriff nach kurzer Anpeilung auch noch halbwegs treffsicher gefunden, fiel er mir auch schon mit einem Stöhnen auf den Beifahrersitz. Es war ein Stöhnen der Erleichterung. Geschafft. Eine Begrüßung fiel aus, hatte er wahrscheinlich vergessen, denn er hatte ein bisschen Mühe seine Füße im Auto zu sortieren. Egal, kommt hin und wieder mal vor. Er beugte sich langsam aus dem Auto, seine rechte Hand mit ausgestreckten Fingern zitterten nach dem Türgriff und stöhnend zog er die Türe zu. Das fiel ihm nicht leicht, das war deutlich. Aber er machte alles Notwendige um losfahren zu können. Etwas langsam, aber korrekt. Das Suchen nach dem Sicherheitsgurt und das Einstecken der Gurtzunge in das Gurtschloss brachte er auch nach kurzem Suchen fertig. Ich beobachtete das Treiben und machte mich ebenfalls so langsam bereit zu starten. Ich schnallte mich an, startete den Motor und den Taxameter, legte die Fahrstufe ein, wartete und war bereit für Instruktionen über das Fahrziel. „Na, wo möchten wir hin?" Seinen Kopf ließ er nach unten hängen und sein Kinn lag gestützt auf seiner Brust. Er atmete tief und schwer. Der Kunde kniff ein Auge zu, musterte mich mit dem anderen von unten heraus. Seine Konzentration war ihm in sein Gesicht geschrieben und er holte tief Luft: „Fffsssssssssbbssstt." „Bitte was?" Nochmal tief Luft geholt: „Bbbsssssssskrcht!" „Hä?" Ich musste schon lachen. Jetzt hatte er beide Augen zugekniffen. Er schüttelte den Kopf, als ob das alles doch nicht wahr sein dürfte. Noch ein Versuch: „Sssssssssstchck." Ok. Die Fahrstufe nahm ich mal raus, damit ich nicht die ganze Zeit auf die Bremse treten musste. Er hielt sich die Hand vor die Augen, holte mehrmals tief Luft, riss die Augen auf und sah mich an:

„Bbbsssssssssssssssss!!" Ok, ich mach mal den Motor aus. So schnell wird das hier nichts mehr. Er wurde schon etwas sauer und ärgerlich über seinen eigenen Zustand, dass er nichts mehr sagen konnte. Das Spiel mit der Hand vor den Augen ging noch ein paar Mal, auch der Versuch mit dem tiefen Luft holen brachte keine nennenswerte Abhilfe. Er schüttelte seinen Kopf immer wieder zwischen drin, als ob er das alles selber nicht glauben könnte. Aber mehr als ein Bssssssssssst kam ihm einfach nicht mehr über die Lippen. Ich war erstaunt über seine Ausdauer denn er gab nicht auf. Immer wieder Konzentration, Luft, Kopf schütteln, Augen zu kneifen, Bsssssssssst. Junge junge, ich hatte vorher (und nachher!) noch nie so einen erlebt. Er wusste noch was er tat, er konnte noch halbwegs gehen, seine Motorik war auch noch - zumindest ansatzweise koordiniert, aber das mit dem Sprechen, das fiel komplett aus. Sein Sprachzentrum war völlig ertrunken und nicht mal mehr rudimentär vorhanden. Es waren inzwischen schon einige Zähler auf die Uhr gelaufen, ohne dass wir auch nur einen Meter gefahren waren! Mein Kollege von hinten kam nach rund fünf Minuten und fragte, ob alles in Ordnung sei, ob ich Probleme mit dem Fahrgast hätte und nicht fahren wollte. Doch doch, alles in Ordnung, dauert nur noch ein klein wenig, entgegnete ich. Seine Geduld erstaunte mich. Ich selber wäre sicherlich aus lauter Scham schon längst ausgestiegen und meine Heimstrecke gelaufen! Aber er war unerbittlich. Auch teilte er mir zwischen seinen Sprechversuchen mit der flachen Hand zeigend mit, dass er noch ein wenig brauche und ich mich gedulden sollte. Nach einer gefühlten kleinen Ewigkeit kam dann Abwechslung in die etwas verfahrene Geschichte. Er gab auf! Er schnallte sich ab und fischte nach seinem Geldbeutel. Alles klar. Jetzt ist er so weit. Wahrscheinlich drückt er mir jetzt einen Fünfer oder so in die Hand und läuft Heim. Aber statt nach Geld kramte er zwischen seinen im Geldfach steckenden Papieren rum.

Allmählich stieg die Spannung ins Unerträgliche. Was kommt denn bitte jetzt noch? Der Typ war eisenhart. Na, was zog er raus? Was meint ihr so? Was würdet ihr denn machen, solltet ihr in eine solche Situation kommen? Er wusste was er tat! Denn er zückte seinen Personalausweis, drehte ihn auf die Rückseite und zeigte mit dem Finger auf seine Adresse! Ich war baff! Möchtest du dort hin, fragte ich ihn. Er nickt aufgeregt und blubberte dabei etwas ähnliches wie blblblblbl. Der Typ hatte alle motorischen Dinge noch mehr oder weniger im Griff und wusste was er tat, aber er brachte kein Wort mehr raus! Sein Sprachzentrum musste völlig abgesoffen sein während der Rest noch halb im Trockenen saß. Ok, na dann lass uns starten. Es war eine Straße im Ortsteil Söflingen und mir gut bekannt. Auch wusste ich was die Fahrt bis dorthin kosten würde, und dass die Scheine, die ich in seinem Gelbbeutel beim Suchen nach dem Ausweis gesehen hatte, locker reichen würden. Ich war also guter Dinge. Wir fuhren dort hin, er bezahlte, gab noch einen Zweier Trinkgeld, stieg aus und schwankte zu seiner Haustüre. Ich blieb noch kurz stehen ob er sicher bis in das Haus kommen würde. Das Schlüsselloch zu treffen machte ihm noch etwas zu schaffen, aber auch das gelang nach kurzer Zeit. Er verschwand hinter der Türe ohne sich nochmal zu mir umzudrehen. Was für ein schräger Typ.

11 - „Ich will ihn noch einmal lebend sehen, bitte!"

Es war mitten in der Nacht, an einem sehr frühen Sonntagmorgen, ich denke zwischen vier und fünf Uhr. Nichts ahnend bekam ich einen Auftrag während der Fahrt. Er lautete auf eine Postadresse in Blaustein mit einem Namen, also völlig normal bis hierher. Ich war nach kurzer Fahrt auch schon dort und vor der Türe stand eine sehr alte Frau. Sie war sehr zierlich, elegant gekleidet, sicherlich schon weit über achtzig (!) Jahre alt, gerade mal eins fünfzig groß, höchstens 50 Kilogramm schwer und dies war alles andere als eine typische Kundin für diese Uhrzeit. Ich hielt vor ihr mein Taxi an und fragte sie, ob ich ihr bestelltes Fahrzeug sei. Dabei erkannte ich, dass die Dame völlig aufgelöst war und Tränen in den Augen hatte. Was um alles in der Welt ist denn jetzt kaputt? Ich war ihr bestelltes Taxi und sie fragte mich auch gleich mit einer sehr rauen, alten Stimme, ob ich sie so schnell wie möglich nach Ulm bringen könnte. Denn sie bekam einen Anruf von der Ulmer Klinik in der ihr Mann lag. Er lag im Sterben und würde den nächsten Tag wohl nicht erleben. Wenn sie ihn noch einmal lebend sehen wollte, müsste sie zu ihm jetzt in die Klinik kommen, sagte die Schwester zu ihr am Telefon. Sie sprach langsam, konzentriert, und dass sie eben noch weinte war nicht zu überhören. „Können sie mich so schnell wie möglich in die Klinik nach Ulm fahren? Ich möchte meinen Mann noch einmal lebend sehen und ich bin zu aufgeregt um selber mit dem Auto zu fahren." Also so ganz ehrlich, ich hätte ihr nicht zugetraut, überhaupt noch mit einem Auto zu fahren, denn sie war schon sehr zierlich. Natürlich kann ich das nicht beurteilen, das steht mir auch gar nicht zu, aber als ich ausstieg und ihr ins Auto half, hatte ich Zweifel, dass sie ein Auto noch sicher durch den Verkehr lenken könnte. Egal wie sie sich gerade fühlte. Ihre Arme und Hände waren sehr dünn und ich hatte schon Angst, ihr beim Helfen weh zu tun. Als sie den Führerschein machte, waren sicherlich noch mehr Fuhrwerke als Autos auf den Straßen. Ich stellte ihren Sitz ganz nach oben, aber selbst das obere Ende reichte gerade so, dass sie über mein Armaturenbrett sehen konnte. Ein Kind würde ich auf die Rücksitzbank mit Sitzerhöhung setzen. Na gut, fahren wir, ich wollte keine Zeit verlieren und die Dame tat mir leid, sehr leid. Sie erzählte von ihrer Ehe, wie viele Jahrzehnte sie schon mit ihrem Mann verheiratet war und wie sie zusammen in den beiden (!) Weltkriegen sich schützten vor den Bomben und Angriffen! Dabei geriet sie immer wieder ins weinen. Ich war gerührt von ihren Erzählungen und fuhr so schnell es mir möglich war, Richtung Klinik. Der Tacho zeigte ständig Werte die Nahe am Führerscheinverlust kratzten, aber das war mir in diesem Moment völlig egal. Die Straßen waren leer, kein einziges Auto ist uns auf dieser Strecke mit etwa 15 Kilometern begegnet und eine Gefahr war nicht erkennbar. So konnte ich es zügig rollen lassen. Die Dame erzählte und erzählte, und ich fuhr und fuhr. Als ich mit ihr durch die Innenstadt in der Karlstraße fuhr, eine sehr gut ausgebaute Hauptstraße und bolzengerade, passierte das, was man überhaupt nicht gerne sieht. Es blitzte! Eine Radarfalle! Und ich tappte rein! Mich hat es in diesem Moment regelrecht aus der Vorstellung von der Dame und ihrem im Sterben liegenden Mann mit einem Schlag wieder in das Heute und Jetzt zurückversetzt! Verdammt, das war klar. Wenn es wenigstens wegen mir selber gewesen wäre, ok, aber ich tat das für diese Lady. Prima! Ganz ganz prima! Das wird was geben! Ich hatte überhaupt keine Ahnung, wie viel der Tacho genau in diesem Moment zeigte und somit auch keinen Anhaltspunkt wie die anschließende „Rechnung" ausfallen würde. Aber in diesem Moment war es eh schon zu spät und so fuhr ich weiter. Ich tat so als ob ich nichts bemerkt hätte. Was hätte ich auch sagen sollen? Die Dame hatte ganz andere Sorgen. Ich fuhr also weiter in die Klinik, in der ihr Mann lag, und parkte so nah wie möglich am Eingang, damit sie nicht so weit gehen musste. Beim Kassieren des Fahrpreises ließ sie sich bis auf den letzten Pfennig (das gab es früher mal!) das Restgeld geben. Das ist nichts Ungewöhnliches. Ältere Menschen haben oft eine kleine Rente und in ihrem Fall war das sowieso entschuldigt denn in ihrem Kopf geisterten sicherlich andere Probleme als das Trinkgeld eines Taxifahrers. Als sie dann das Restgeld in der Hand hielt sagte sie: „Gell, man hat sie geblitzt?" Da war ich platt, ich hätte nicht vermutet, dass sie das bemerkt hatte. Ich gab zähneknirschend zu, dass es so war. „Das tut mir leid für sie, das hier ist noch für sie." Und sie gab mir eine Mark zurück. „Ist schon in Ordnung, machen sie sich darüber keine Gedanken", gab ich kurz zurück. Ich half ihr aus dem Auto und wollte sie begleiten, aber sie lehnte meine Hilfe ab, denn sie kenne wohl den Weg. Ich solle mich lieber um meine Arbeit kümmern, das wäre wichtiger als sie zu ihrem Mann zu begleiten. Was soll man da sagen? Na gut, sie bestand darauf den Weg alleine zu gehen und ich kehrte um.

Wenige Wochen später kam die befürchtete Post von der Stadt. Die Höhe der Geschwindigkeit und die Höhe der Strafe standen in dem Schreiben nicht drin. Aber die Öffnungszeiten von der Führerscheinstelle standen dafür darin und ich sollte meinen Ausweis und meinen Führerschein mitbringen! Na klasse. Den Führerschein werde ich wohl eine Weile abgeben müssen. Verdammt! Was soll´s, dann gehen wir mal dahin. An der Information am Eingang wurden mir eine Zimmernummer und die Etage genannt, in der ich mich melden sollte. Ich würde schon erwartet werden. Suuupeer, dann kann ja nichts mehr schiefgehen! Wirklich wohl war mir bei dem Gang dorthin nicht, das kann ich euch sagen. Ich klopfte, eine Frau bat mich herein und als ich die Türe öffnete, empfing mich ein typischer Bürogeruch aus vergangenen Tagen. Eine Mischung aus Papier, Tinte und Druckerschwärze.

Wir standen an einem hölzernen Tresen auf dem sicherlich schon einige Führerscheine ausgehändigt und auch eingezogen wurden. In dem Büro war die Zeit sichtlich stehen geblieben. Die Einrichtung war noch aus der Zeit, als das ganze Haus bezogen wurde und Aktenschränke mit Lammellentüren aus echtem Holz kannte ich bis dahin nur aus alten Filmen. Die Bilder, die an der Wand hingen, waren mit Motiven aus der Stadt an denen schon lange die Verkehrsführung verändert worden war, völlig andere Gebäude standen und auch die Pflanzen, die vergeblich versuchten, das Büro-Flair zu lockern, sahen etwas hilfebedürftig aus. Auf den hölzernen Schreibtischen lagen viele Akten, meine Akte versuchte ich von Weitem zu entdecken, aber die ging sicherlich in der Menge unter, denn ich fand sie nicht.

In dem überschaubaren Büro empfing mich eine Sachbearbeiterin, eine Frau! Meine Chance! Frauen sind in aller Regel gefühlsempfänglicher und ich hoffte auf mildernde Umstände, wenn ich erzählte, warum ich so zügig durch die Nacht fuhr.

Schließlich hatte ich eine echte und glaubhafte Geschichte dazu! Sie fragte mich, warum ich denn mit so einer offensichtlich alten Frau um diese heilige Zeit in einem solchen Tempo durch Ulm raste. Sie zeigte mir das Foto, auf dem die Dame und ich einwandfrei zu identifizieren waren. Die Dame war gerade so erkennbar auf dem Foto, denn ab ihrem Kinn abwärts war sie nicht mehr auf dem Bild zu sehen. Sie saß einfach zu tief in dem Beifahrersitz. Jedenfalls war das meine einzige Chance! Ich erzählte die ganze Geschichte, ließ kein Detail aus, baute die Story (natürlich) noch etwas aus und schilderte sie in allen erdenklichen Einzelheiten. Bei den rührenden Stellen schmückte ich natürlich das Ganze noch etwas weiter aus, erklärte ihr das Mitgefühl, das die Dame in mir auslöste, wie sehr sie im Auto weinte, und so weiter und so weiter. Tja, und am Ende hatte die Sachbearbeiterin wie die alte Dame Tränen in den Augen! Nach meinen Schilderungen drehte sie sich kurz weg, schniefte in ein Taschentuch, drehte sich wieder zurück zu mir und fragte mich mit einem Schluchzer ob ich mit 50 Mark einverstanden wäre! Einverstanden? Ob ich damit einverstanden wäre?!? Aber natürlich! Ich möchte aber bitte gleich bezahlen und einen Beleg, wenn das möglich wäre, sagte ich noch dazu. Sie schickte mich in ein weiteres Zimmer zum Bezahlen, dort erhielt ich auch den Beleg dafür und ich bin mit einem blauen Auge davongekommen. Aber es war mir eine Lehre. An dieser Stelle denke ich heute noch jedes Mal an diese Kundin, und frage mich, ob sie wohl ihren Mann noch einmal lebend sah.

Ich habe es nie erfahren.

12 - Das mit dem Trinkgeld

Ab und an werde ich gefragt wie viel Trinkgeld denn „angemessen" sei im Taxi. Ich entgegne dann mit den Weltweit üblichen zehn Prozent. Die werden auch meist in der Praxis bezahlt. Natürlich gibt es Abweichungen, manchmal sogar gewaltige Abweichungen. Von überhaupt gar nichts, obwohl angeblich super Fahrstil im Vergleich zu vielen Kollegen, und freundlicher als andere pampige Zeitgenossen, und nettere Unterhaltung (mit ihnen kann man sich wenigstens unterhalten, …) bis hin zu fünf-mal-den-Fahrpreis obwohl nicht mal mitgefahren, habe ich schon alles erlebt. Das mit dem fünffachen Fahrpreis als Trinkgeld, tja, das war etwas Besonderes und auch für mich in dieser Höhe etwas völlig Ungewöhnliches. Es war eine Adresse in der Ulmer Innenstadt, die Radgasse, dort sollte ich mich bei einer Adresse melden. In Ordnung. Ein großer, gepflegter Mann mit Hemd, Bundfaltenhose und mächtig Gel in den Haaren öffnete mir die Türe. Ob ich auch Blumen transportiere und überbringen würde, fragte er mich gleich nach der Begrüßung. Natürlich, warum nicht? Er nannte mir einen Blumenladen der in der Nähe war, dort einen bereitliegenden Strauß abzuholen und eine Adresse mit Namen, die ebenfalls nicht weit weg war, um dort den Strauß wiederum abzuliefern. Und natürlich wollte er im Voraus wissen was die ganze Aktion kostet und er wollte auch gleich bezahlen. Solche Fahrten, die erst dorthin und dann wieder dorthin führen, mit Zwischenhalt und Wartezeit zwischendrin sind natürlich nicht gerade perfekt, um einen Preis auf dem Taxameter zu schätzen. Ich gab mir Mühe und nannte etwas großzügig 20 Mark. Er gab mir die 20 Mark, den Betrag der für den Blumenstrauß in dem Geschäft noch zu bezahlen war, und noch 100 Mark dazu als Trinkgeld für mich, damit es auch sicher klappt! Ein-Hundert-Mark-Trinkgeld!! Er müsse sich auf mich verlassen können, denn die Überbringung bedeute ihm viel. Kein Problem. Was sollte daran so schwierig sein? Abgesehen davon, dass die Angebetete nicht zu Hause sein könnte. Der Blumenladen war gleich um die Ecke, das Geld für den Strauß hatte ich ja auch von dem Kunden extra bekommen und im Laden die Rechnung auch gleich beglichen. Auch die Adresse der Dame war in Ulm und schnell erreicht. Nach dem Klingeln an der Türe öffnete eine hübsche Frau schon nach kurzer Wartezeit. Sie war völlig irritiert, als sie mich mit den Blumen sah. Mehrmals wanderte ihr Blick zwischen mir und den Blumen hin und her. Sie selber konnte sich aber keinen Reim machen, was nun auf sie zukam. Als ich ihr kurz erklärte, dass ich der Taxifahrer bin, und dass der Strauß für sie sei, wollte das nicht auf Anhieb in ihren Kopf. „Bitte, was?!?" „Ich bin ein Ulmer Taxifahrer und die Blumen sind für sie." „Wer sind sie?" „Ein Ulmer Taxifahrer und die Blumen sind für sie." „Sie sind ein Taxifahrer?" „Ja, bin ich, und die Blumen sind für sie." „Die Blumen sind für mich?" Oh Mann. „Ja-ha, die sind für sie!" Offensichtlich war das für sie unglaublich.

Ich hoffte für den Kunden, dass es geklappt hat, was auch immer er sich wünschte.

13 – „Entschuldigen Sie die Störung, können Sie mich Heim fahren?"

Es war am späten Samstagabend und ich döste mal wieder an unserem Hauptstandplatz am Ulmer Hauptbahnhof vor mich hin, als ein junger Mann, typischer Teenager, etwa 15-16 Jahre alt, zielstrebig auf mich zu kam. Ich lehnte außen am Kotflügel und ich bemerkte ihn aus dem Augenwinkel als er fast schon bei mir war. Er stellte sich vor mich, hielt mir seine Hand mit seinen offenen Handflächen vor die Nase und in ihr befanden sich ein paar Münzen. Vielleicht 6-8 Euro zusammen. Mehr sicherlich nicht. Erst jetzt bemerkte ich, dass er Tränen in den Augen hatte und als er mich mit weinerlicher Stimme fragte: „Entschuldigen Sie die Störung, ich bin im Zug eingeschlafen, habe nur noch 6,57 Euro in der Tasche und weiß nicht wie ich nach Hause kommen soll. Ich wohne in Lonsee, und wenn das mein Vater mitbekommt, bekomme ich riesigen Ärger. Ich kann ihnen das Geld morgen geben. Geht das?"
    Er machte einen sehr ehrlichen und aufrichtigen Eindruck und seine Haltung und auch sein Auftreten sprachen auch dafür, dass er die Wahrheit sagt. Da gibt es auch ganz andere Typen, die das Blaue vom Himmel runter lügen! Aber er schien tatsächlich ein ziemlich aufgelöster Bursche zu sein.
    „Na gut, ich fahre dich, du bekommst meine Bankverbindung und meine Adresse und ich habe ja deinen Namen und auch deine Adresse. Falls es nicht klappt mit dem Bezahlen, erfährt dein Papa davon."

So, damit war er jetzt erst mal beruhigt, dass er nach Hause kommt und gleichzeitig auch ein wenig eingeschüchtert, dass ich zwar gerne helfe, aber trotz allem zum Geld verdienen hier bin und damit keinen Spaß verstehe. Denn es kostete etwa fünf Mal so viel wie er bei sich hatte. Während der Fahrt erzählte er mir von seinem „Ausflug" und was ihm so alles passiert ist. „Aber weißt du was?", sagte ich, „sprich mal morgen mit deinem Papa, oder vielleicht mit deiner Mama, ich bin mir sicher, wenn du die Geschichte **ehrlich** erzählst, mit allem was passiert ist, werden sie dir die Taxifahrt bestimmt gerne bezahlen, da bin ich mir sicher!" Wir fuhren zu ihm nach Lonsee und es dauerte auch nicht lange bis ich ihn beruhigt hatte. Auch glaubte er mir, dass seine Eltern sicherlich erleichtert sind, wenn ihr Sohn sicher mit dem Taxi nach Hause kommt und nicht eine ganze Nacht sich durch Ulm treibt ohne Ziel. Und dass alles schließlich nur, weil er im Zug eingenickt ist. Vor der Haustüre bekam er einen Beleg von mir mit sämtlichen notwendigen Angaben zur Fahrt und meiner Person, damit er auch etwas in der Hand hatte für seine Eltern. Nun war er schon etwas mehr überzeugt, dass es ihm seine Eltern glauben werden.

Als ich am nächsten Nachmittag aufgestanden bin nach dieser Nachtschicht, fand ich im Briefkasten nicht nur den Betrag für die Fahrt, sondern auch ein Dankesschreiben der Eltern, dass ich mich so fürsorglich um ihren Sohn gekümmert hatte und obendrein ein ordentliches Trinkgeld für meine Dienste!

        Jap, jeden Tag eine gute Tat, was?

        ;-)

14 – „Braucht ihr zufällig ein Taxi?"

Ich war an einem Sonntagmorgen auf dem Weg mit drei jungen Mädels von Ulm nach Burlafingen. Typische Nachtschwärmerinnen auf dem Heimweg. So weit alles völlig normal und nicht ungewöhnlich. Aber es schneite was es nur schneien konnte und die Straßen waren nicht nur mit Schnee und Schneeglätte ziemlich tückisch, sondern es bildete sich auch an einigen Stellen ziemlich hinterhältiges Glatteis. Alles in allem ein für mich perfektes Wetter um ordentlich Umsatz zu machen. Die Räumdienste hatten ihren Dienst noch nicht begonnen, und so hatte ich nicht nur die Straßen fast für mich alleine, sondern auch einen riesigen Spaß bei der Arbeit. Ich erwähnte, dass mir ein solches Wetter viel Freude beschert. Als ich die Mädels abgesetzt hatte, und auf dem Rückweg von Burlafingen Richtung Pfuhl verlassen hatte, sah ich zwei Scheinwerfer in einiger Entfernung auf der Querstraße in etwas sehr seltsamer Haltung nach schräg oben in die Nacht scheinen. Ich vermutete, dass dort ein Fahrzeug wohl ins Schlingern geriet und in den seitlichen Graben rutschte, der dort an der Fahrbahn entlang verlief. An dem Kreisverkehr zwischen den beiden Ortschaften bog ich nach links ab in diese Querstraße mit den beiden Scheinwerfern, um zu sehen was dort vor sich ging. Vielleicht brauchte ja jemand Hilfe, oder ein Taxi, ...? Als ich mich näherte, wurden die beiden Scheinwerfer abgeschaltet und zwei Gestalten verließen fluchtartig das Auto und den Graben und kletterten durch den Schnee einen Hang hinauf durch die Hecken. Ich habe das Ganze nur schemenhaft erkannt, denn der Scheibenwischer versuchte nach wie vor im Dauereinsatz dem Schneetreiben Herr zu werden. Ich schaltete den Warnblinker ein und hielt auf der Fahrbahn vor dem Fahrzeug. Wie ich mir anfangs schon dachte, kam er mit dem Heck ins Schleudern und rutschte seitlich von der Fahrbahn in den Graben. Die Spuren, die noch auf der Fahrbahn zu sehen waren, zeigten dies deutlich. Aber es ist offensichtlich nichts weiter passiert, denn das Auto hatte keine weiteren Beschädigungen und die Insassen sind ja schließlich wie die Hasen in den Hecken verschwunden. Sind sie betrunken und wollten weiteren Ärger dadurch vermeiden? Egal, solange sie nicht weiter verletzt waren, hatten sie eh schon mehr Glück als Verstand und so einen ungewollten Ausflug mit dem Auto in den Acker reicht den meisten als Lektion. Nachdem ich die Lage überblickte, rief ich in die Richtung in die die beiden sich verzogen hatten: „Braucht einer von euch zufällig ein Taxi?" Und siehe da, schon kamen sie aus den Hecken und gaben kleinlaut zu, dass sie doch etwas Hilfe gebrauchen könnten. Was denn nun zu machen sei, wussten sie nicht wirklich, aber ich könnte sie zu einem Kumpel auf einen Bauernhof bringen um dort einen Traktor zu holen, mit dem sie dann ihr Auto aus dem Graben ziehen wollten. Ich habe mir die beiden jungen Männer angeschaut, sie waren beide ziemlich fertig. 20 Jahre vielleicht, sehr viel mehr nicht. Sie zitterten und wussten nicht so recht mit der Situation umzugehen. Und eine Aktion mit dem Traktor von diesen beiden Halbstarken in diesem Schneechaos hätte sicherlich einiges gebracht, - nur keine Besserung, da war ich mir sicher. Wahrscheinlich wäre nur der Trecker eben auch noch im Graben gelegen. Ich schlug den beiden vor, dass ich sie nach Hause fahre. Und wenn morgen das Wetter nicht mehr ganz so schlimm tobt, zusammen mit jemandem, der sich mit Traktoren und Abschleppseilen und so weiter wirklich gut auskennt, und eventuell damit auch Erfahrung hat, das Ganze in Angriff zu nehmen. Denn die Bedingungen waren in dieser Nacht alles andere als einfach. Es schien nicht so, dass das Schneetreiben sich bald auflöste. Im Gegenteil! Auch der starke Wind blies sehr eisig über die offenen Felder. So macht das Ganze jedenfalls keinen Spaß, da stimmten mir die beiden zu.

Und so wie ich die beiden einschätzte, wäre es eh sinnvoller wenn sie erst nach dem Ausschlafen in wirklich ganz nüchternem Zustand das anpackten. Ich konnte zwar keine Fahne oder so bemerken, aber ausgeschlossen habe ich es auch nicht. Nachdem ich ihnen das so erklärte, waren sie sofort ohne weiter darüber nachzudenken einverstanden und wollten von mir im Taxi nach Hause gebracht werden. Bingo! Auch den Festpreis für die Tour fanden sie günstig und werden in Zukunft wohl öfters ein Taxi nehmen! Denn sie glaubten beide, so eine Fahrt sei eigentlich viel teurer. Prima. Das klappte doch mal ganz gut. Den einen von den beiden brachte ich gleich rüber nach Burlafingen und den anderen nach Pfaffenhofen! Perfekt! Die nächste Stunde brauchte ich also keine weiteren Aufträge, denn so lange war ich mit den beiden nun beschäftigt! Klasse! Als der Erste von den beiden dann Zuhause war und ich alleine mit dem Zweiten auf dem Weg nach Pfaffenhofen fuhr, hat er dann doch noch etwas kleinlaut zugegeben etwas getrunken zu haben. Aber nur so viel, dass er noch fahren konnte. Ja ja, schon klar, hatte er ja bereits bewiesen wie gut er noch fahren konnte. „Der Karren liegt im Graben und ihr beiden könnt von Glück reden, dass es nur bei diesem Wegrutschen von deinem Auto geblieben ist!" Das konnte ich mir dann doch nicht verkneifen.

„Ja, hast ja recht, ich habe mich da wohl etwas überschätzt", gestand er seine Schuld ein. Die restliche Fahrt verlief ohne weitere Zwischenfälle und er war am Ende dankbar für die Hilfe. Auch sicherte er mir zu, in Zukunft öfter auf ein Taxi zurückzugreifen und so einen Blödsinn nicht mehr zu machen. Besonders als ich ihm klarmachen konnte, dass jede noch so kleine Reparatur am Auto weit mehr kostet als eine simple Taxifahrt! Von Strafen beim Erwischt werden ganz zu schweigen! Hoffen wir, dass er das beim nächsten Mal auch noch weiß.

Ich liebe es wenn ein Plan funktioniert!

;-)

15 - Heim!

Es gibt eine ganze Reihe von Fragestellungen, die meine Kundschaft immer wieder stellt und die sich offensichtlich auch immer wieder wiederholen. Das fängt an mit der Frage, ob ich Student sei, denn angeblich seien fast alle Taxler schließlich Studenten. Ich erkläre dann, dass es früher tatsächlich sehr viele Studenten gab aber inzwischen es keine mehr gibt. Zumindest kenne ich keinen mehr aktuell. Die Fragen gehen dann weiter über: Wie lange ich den Job schon mache, wie das mit dem Taxameter funktioniert, dabei besonders ob der nach Zeit, nach Kilometer oder nach beidem ginge, was man so verdient und ob sich das überhaupt noch lohne, ob das nicht stressig sei mit den Betrunkenen ständig und so weiter. Für diese Art von Fragen könnte man glatt eine kleine Informationsbroschüre (Flyer auf Neudeutsch) in jedes Taxi legen, ich bin mir sicher, dass es einige Fahrgäste gibt, die das gerne mal lesen würden.

(Am Ende des Buches dazu noch mehr)

Abgesehen von diesen typischen, wiederkehrenden Fragen gibt es aber auch klassische Antworten, die sicherlich jeder Taxifahrer öfters zu hören bekommt. Wenn man so wie ich die Nachtschwärmer in den frühen Morgenstunden nach einer durchzechten Nacht wieder nach Hause bringt ist eine davon diese Antwort auf meine Frage, wo es denn hingehen sollte: „Heim."

Ich versuchte anfangs noch einige unterschiedliche Varianten, um dem Kunden eine sinnvolle Antwort zu entlocken. Eine Zeitlang versuchte ich es damit, indem ich wortlos einfach nur Gas gab und in irgendeine Richtung fuhr. Bei den meisten wurde dann kurzzeitig Panik in den Augen sichtbar und sie sagten plötzlich ziemlich schnell wohin sie denn wollten. Einige, die schon mehr als nur einen im Tee hatten, kuckten jedoch gelangweilt auf die Straße und fragten mich dann, wo ich denn so hinfahren würde. Ich entgegnete natürlich dann auch: „Heim." Das war alles nicht so das Gelbe vom Ei und machte auf Dauer auch keinen Spaß.

Wenn man dann so die Geschichten, Erlebnisse und Erfahrungen von anderen Taxler in Deutschland liest, findet man dann doch noch den einen oder anderen kleinen Tipp für einen selber. So wie in diesem Fall:

Ein anderer Taxifahrer aus Berlin hatte für diese Situation eine wirklich gute Antwort parat, die ich mir seit dem ich sie kenne ebenfalls äußerst wirksam zu nutzen mache. Nachdem der Kunde erwidert: „Heim", frage ich mit einem frechen Grinsen zurück: „Zu dir oder zu mir?" Daraufhin bekomme ich meist sofort eine Angabe wohin der Kunde in Wirklichkeit möchte!

Wenn in seltenen Fällen der Fahrgast zu erstaunt ist mir gleich zu sagen wohin er möchte ist zumindest das Gespräch eröffnet, denn nach dieser Gegenfrage bleibt keine(r) mehr still!

16 - Geisterfahrer

In den inzwischen fast zwanzig Jahren Nachtschicht im Taxi ist es mir inzwischen drei Mal passiert, dass mir ein Geisterfahrer entgegenkam. Aber zum Glück noch nie auf der Bundesautobahn, sondern immer im Stadtverkehr bzw. im Ulmer Umland. Und es war bisher stets in der Nacht. Im ersten Fall wollte ich von der Innenstadt am Rathaus kommend Richtung Ehinger Tor durch die Unterführung unter den Gleisen der Deutschen Bahn durch. Die Straße heißt Neue-Straße, ist eine zweispurige Einbahnstraße und auch noch kurvig in dieser Unterführung ausgeführt. Ich erkannte zum Glück kurz vor der Einfahrt zur Unterführung bereits zwei Scheinwerfer in den Seitenwänden. Sie reflektierten an den gefliesten Wänden und blendeten mich darin. Als ich sie sah stoppte ich sofort mein Taxi! Wenn man immer und immer wieder in der Nacht mit seinem Taxi auf den gleichen Straßen durch die Stadt fährt, kennt man sich eben sehr gut aus. Nicht nur, dass man weiß wie die vielen Straßen heißen, sondern man weiß auch irgendwann wo Kanaldeckel abgesunken sind, Bodenwellen oder Absätze sind, Fahrspuren beschi… aufgeteilt sind, oder eben auch sich reflektierende Scheinwerfer zeigen sollten oder eben nicht zeigen sollten! An einigen Stellen ist man es buchstäblich gewöhnt, wie die reflektierenden Lichter leuchten müssen damit alles normal abläuft. Das, was mir dort entgegenkam, war absolut nicht normal! Eine Nachtbaustelle hätte in etwa so noch hell leuchten können, aber die kommt mir normalerweise nicht mit hoher Geschwindigkeit entgegen! Denn der Auswärtige muss die Unterführung mit einer Autobahn verwechselt haben! Ich bin mir sicher 100 km/h reichten nicht und ich möchte nicht daran denken was dabei passiert wäre, wenn ich nur ein paar Sekunden früher in den Tunnel gefahren wäre! Oder er vergessen hätte sein Licht einzuschalten! Dann wäre der Frontalzusammenstoß fast schon programmiert gewesen! Auch ein Ortsfremder wäre sicherlich weitergefahren. So ging alles nochmal gut und er flog ohne mich zu streifen an mir und meiner Kundschaft vorbei. Die allerdings bekam kurzzeitig Schnappatmung und versteinerte auf dem Beifahrersitz! Der Herr fragte mich, ob ich das ahnte, weil ich so frühzeitig anhielt noch ehe er überhaupt etwas erkennen konnte! Denn wir standen ziemlich plötzlich mitten in der Fahrbahn vor der Einfahrt in die Unterführung. Meine Kundschaft wollte mir schon hellseherische Fähigkeiten unterstellen, weil ich so frühzeitig hielt ohne erkennbaren Grund für meinen Fahrgast. Und tatsächlich bekommt man mit der Zeit eine Art Vorahnung, welcher andere Verkehrsteilnehmer dir gleich die Vorfahrt nehmen wird oder dich übersehen wird bei dem nächsten Spurwechsel. Eine Art siebter Sinn, auch wenn viele das als Blödsinn abtun. Auch kann man oft an auswärtigen Kennzeichen erkennen, wohin die Fahrer eigentlich wollen, aber noch auf der falschen Spur sind. Dann kann man es schon sehr früh „sehen", dass sie gleich falsch abbiegen werden. Man muss dazu sagen, dass es in Ulm, wie in jeder anderen Stadt sicherlich auch, ein paar Stellen gibt die eine etwas, na ja, unübersichtliche bzw. unglückliche Verkehrsführung haben. Zumindest die Ortsfremden haben dort erhebliche Schwierigkeiten und auch einige Ulmer scheinen an diesen Stellen überfordert zu sein. An diesen Stellen scheppert es regelmäßig und die Polizei muss den Fahrern anschließend die Vorfahrtsregeln erklären. Man kann das leider mehrmals am Tag beobachten.

Das zweite Mal als mir ein Geisterfahrer in einer Nacht begegnete, war ich zügig unterwegs von Blaustein nach Ulm. Es war in dem Bereich außerhalb der geschlossenen Ortschaft, vierspurig durch einen Grünstreifen getrennt und 70 km/h erlaubt. Offenbar muss er aus der nahegelegenen Tankstelle gefahren sein und statt nach rechts Richtung Ulm ist er nach links Richtung Blaustein abgebogen. Erst war ich mir unsicher was denn da auf mich zukam, denn ein Scheinwerfer war bei ihm defekt und manchmal, wenn einem Radfahrer mit Super-Duper-LED-High-End-Scheinwerfer auf dem Gehweg entgegenkommt, kann man manchmal meinen da kommt ein Motorrad mit eingeschaltetem Fernlicht! Ich schaltete ebenfalls das Fernlicht ein, drückte auf Dauer-Hupe und bremste nachdem er zielstrebig und schnell auf mich zukam! Da bog er plötzlich ab! Quer über den Grünstreifen und den Hecken durch auf seine eigentliche Spur! Nur, dass da überhaupt keine Möglichkeit war die Fahrbahnen zu wechseln! Das eine oder andere Bauteil von seinem Fahrzeug flog bei diesem Abstecher durch die Grünanlage genauso schnell davon wie er sich auch davonmachte. Die Bordsteine hatten sicher auch ihren Teil dazu beigetragen denn sie sind an dieser Stelle ziemlich hoch. Er schoss durch die Rabatten und blieb unvermindert auf dem Gas als er auf seiner richtigen Fahrbahn landete. Anschließend verschwand er genauso schnell in der Nacht wie er auftauchte. Donnerwetter. Weg war er. Ich schaute ihm im Rückspiegel noch hinterher ob er eventuell seine „abgebauten" Fahrzeugteile einsammeln wollte, aber nö. Er war weg und er kam auch nicht mehr zurück.

Wieder ist es gut gegangen.

Das dritte und letzte Mal als mir ein Geisterfahrer entgegenkam, bog ich aus dem Klinikgelände am Oberen Eselsberg rechts ab auf die Nordtangente nach Ulm runter. Die Straße dort ist insgesamt vierspurig und die Gegenfahrbahn durch einen unüberwindbaren Grünstreifen mit Leitplanken getrennt. Ich fuhr in dieser Nacht also den Berg runter und plötzlich kamen mir hinter der Kuppe zwei Scheinwerfer entgegen! Vollbremsung, Fernlicht und Dauerhupe! Das machte ich ohne darüber nachzudenken. In diesem Moment überlegt man eigentlich gar nichts mehr, sondern handelt nur noch. Der Kleinwagen bremste deutlich ab und ich schnitt ihm den Weg ab, damit er nicht noch weiterfährt! Schließlich war er auf der falschen Fahrbahn! Einer junge Frau, vielleicht gerade 18, höchstens 20, rief ich durch die geöffneten Fenster zu, dass das eine Einbahnstraße ist und sie falsch fährt. Sie solle bitte sofort umdrehen rief ich noch dazu! Da beschimpfte sie mich, dass sie das inzwischen selber auch schon gemerkt hätte und ich solle sie gefälligst in Ruhe lassen. Sie drehe ja schon um und ich solle mich besser um meine Angelegenheiten kümmern! Na prima, auch noch anschnauzen lassen von einer Geisterfahrerin! Na gut, freundlich war ich glaube nicht, eher befehlend. Aber was wäre das richtige? „Entschuldigung, sie fahren glaube ich in die falsche Richtung? Verzeihung, sind sie nicht auf der falschen Fahrbahn unterwegs? Sorry, sie sollten besser umdrehen?" Na ja, vielleicht bin ich ja bei der nächsten Begegnung entspannter und kann es freundlicher rüberbringen, wenn eine(r) mal wieder die Fahrbahnen verwechselt. Ich werde daran arbeiten, …   ;-)

17 - „Mein Mann ist bei seiner Geliebten, wir haben also ein paar Stunden Zeit für uns alleine, Schatz, …"

Es war am frühen Abend, nicht besonders viel los und die Adresse zu der ich gerufen wurde war ein normales Wohngebiet am Stadtrand. Nach einer kurzen Wartezeit vor der Türe kam eine attraktive junge Frau in mein Taxi und nannte mir eine Adresse in der Ulmer Oststadt in der Nähe des Hotels Maritim. Ein angenehmer Duft ging von der Dame aus. Auch war sie attraktiv gekleidet. Nicht zu sehr aufreizend, aber auffällig. Elegant und gleichzeitig doch ein wenig sexy. Ja, das ist glaube ich eine passende Bezeichnung.

Die Unterhaltung dagegen verlief ziemlich langweilig und flach. Irgendwelche belanglosen Tagesgeschichten, nichts Besonderes. Ich fuhr in die Straße die sie mir nannte und als wir dort einbogen fragte ich sie, wo ich denn halten sollte, um sie aussteigen zu lassen. Aber sie wollte überhaupt nicht, dass ich anhielt und auch nicht aussteigen! Sie wollte, dass ich in Schrittgeschwindigkeit durch die Straße fahre, denn sie mochte nur kurz etwas „schauen". Ok, na gut, das kann ich. Meistens jedenfalls. Ich ließ mein Taxi einfach im ersten Gang durch die Straße rollen. Das entspricht in etwa der Geschwindigkeit, die man auch zu Fuß hat. Sie beugte sich dabei auf dem Beifahrersitz nach vorne und suchte die Straßenränder nach einem Auto ab. Als sie das gesuchte Auto fand sollte ich kurz anhalten. Nun beobachtete sie ein beleuchtetes Wohnzimmer im Erdgeschoss, das direkt zur Straße gerichtet war. Es dauerte aber nur kurz und hinter der Glasscheibe erschienen ein eng umschlungenes Paar das sich offensichtlich sehr liebte und Spaß hatte. Sie küssten sich innig und fielen gemeinsam auf das Sofa. Kaum waren die beiden in diesem Wohnzimmer aufgetaucht, versank meine Kundin augenblicklich im Sitz und hatte es plötzlich sehr eilig dort zu verschwinden! „Fahren sie, fahren sie!" Sie wollte nun, dass ich nicht nur durch die Straße weiterfuhr, sondern auch, dass ich die Parallelstraße verwendete, um aus diesem Wohngebiet wieder fort zu kommen. Ok, sie will unter keinen Umständen von den beiden gesehen werden, das war jetzt klar. Sie sammelte sich wieder, setzte sich wieder normal in den Sitz, zupfte ihren Rock und ihre Bluse zurecht und anschließend nannte sie mir eine Adresse am anderen Ende der Stadt an der sie dann auch aussteigen wollte. Kurz darauf nahm sie ihr Handy und rief ihren Liebhaber an! Ihm erzählte sie am Telefon unverblümt, dass ihr Mann bei seiner Geliebten sei und sie beide nun ein paar Stunden Zeit hätten! Es gab noch das eine und andere Liebesgeständnis und auch noch ein paar detaillierte Ideen was die beiden in der gewonnenen Zeit nun alles machen konnten, ehe sie das Gespräch am Telefon beendeten. Sie nahm dabei kein Blatt vor den Mund! Ehrlich! Es fehlte nicht viel und ich selber wäre dabei rot geworden!

Die weitere Fahrt verlief ohne viel Worte, ich wusste auch nicht so recht was ich jetzt noch sagen sollte, sogar Smalltalk fiel mir in diesem Moment etwas schwerer als sonst. Und ich bin ja schließlich nicht wirklich auf den Mund gefallen! Aber über was sollten wir noch reden?!? Über das tolle Wetter? Na ja, könnte man machen, aber richtig passend war das natürlich nicht.

Ich sagte nichts und die Fahrt verlief ohne weiteres Gerede. Kaum an der Zieladresse angekommen, lief gleich ein junger Mann auf meine Fahrerseite zu und wedelte mit einem großen Geldschein in meine Richtung. Ich schätzte mal so locker auf rund 15 Jahre jünger als meine Kundin, … Ich öffnete meine Scheibe und er begrüßte mich, sagte mir auch gleich, dass er die Kosten für die Fahrt übernehmen würde und wollte wissen, was denn auf dem Zähler sei. Ich nannte den Preis, er erhöhte um ein großzügiges Trinkgeld und noch ehe ich meinen Geldbeutel wieder verstaut hatte lagen sich die beiden genauso verschlungen in den Armen wie das Paar das sich kurz zuvor hinter der Wohnzimmerscheibe zeigte.

Eines muss man den Frauen lassen, sie machen „es" überlegter und organisierter als Männer, die einfach in das nächste Bordell gehen. Aber unter dem Strich ist es natürlich nichts Anderes. Ob das wohl anders wäre, wenn es auch Bordelle für Frauen gäbe?

Manchmal bekommt man im Taxi mehr mit als einem recht ist, …

18 - Hallo?!? Ihr seid doch gleich zu Hause!

In manchen Nächten, wenn die Nachtschwärmer in den frühen Morgenstunden von mir nach Hause gebracht werden, könnte man in manchen Fällen geradezu meinen, dass ich sexuell ausgehungerte Tiere im Auto habe. Da wird teilweise übereinander hergefallen als ob es kein Morgen gäbe. In einem Fall fing es noch ganz harmlos an. Es war vor einer Ulmer Diskothek in der Innenstadt, als ein junges Pärchen in mein Taxi stieg. Die Fahrt ging etwas außerhalb von Ulm in eine kleine Ortschaft in Bayern. Sie lag nicht weit von Ulm entfernt, nur eben auf der anderen Seite der Donau. Die Fahrt selber dauerte nicht besonders lange, wenn es hoch kam vielleicht etwas über 15 Minuten und sie war somit in einem durchschnittlichen Rahmen. Kaum waren wir jedoch gestartet, wurde nicht mehr viel gesprochen und immer wieder im Rückspiegel konnte ich sehen, dass die beiden sich leidenschaftlich küssten. Das Rascheln der Klamotten und das Schmatzen der beiden wurde jedoch nicht mehr leiser, sondern nahm je weiter wir fuhren noch deutlich zu. Das an sich ist nicht außergewöhnlich und kommt in diesen frühen Morgen-Stunden schon immer wieder mal vor. Und dabei ist es geradezu egal ob auf der Rücksitzbank zwei Jungs, zwei Mädels oder ein „normales" Paar sitzen! Da wird teilweise ausgepackt als wenn sie sich im Schlafzimmer und nicht in einem Taxi befinden! Etwa bei der Hälfte der Strecke konnte ich hören wie ein Reißverschluss geöffnet wurde und ich wusste nicht mehr ob ich nun die beiden daran erinnern sollte, dass ich auch noch anwesend war! In den meisten Fällen bekommen sich die Leute wieder in den Griff und verschieben die ganze Geschichte auf die Räumlichkeiten bei sich zu Hause. Aber in manchen Fällen bekomme ich Bedenken, ob ich nach einer solchen Fahrt nicht erst noch die Sitze reinigen muss, ehe ich wieder eine neue Tour einladen kann! Und diese Fahrt war so eine. Die beiden waren so mit sich selber beschäftigt und blendeten alles um sich herum aus. Auch als ich mich räusperte, keine Reaktion. Also, na ja, reagiert haben die schon, aber halt nicht auf mich, sondern nur auf sich selber! OK, ich musste etwas deutlicher werden, sonst hatte ich noch hinterher eine riesige Schweinerei im Auto! Und darauf hatte ich nun wirklich keinen Bock! Ich fragte etwas lauter, welche Strecke ich denn nehmen sollte, ob wir den Rest über die Schnellstraße fahren sollten oder ob es eine andere Strecke sein dürfte. Dabei war mir klar wie zu fahren war, ich wollte die beiden ja nur mal eben kurz wieder in die reale Welt zurückholen. Mehr nicht. Es klappte, die beiden unterbrachen ihr Spiel und wendeten sich wieder der Fahrt zu. Wie ich mir schon dachte, wollten sie auf der Schnellstraße bleiben und sagten ich sollte den schnellsten Weg nehmen. Hihi, ach was?!?! Wer hätte das gedacht. War mir schon klar, ich wollte ja nur nicht, dass es da hinten noch weitergeht. „Ihr seid ja gleich Zuhause!" Die Ablenkung hielt aber nur kurz und schon ging es bei den beiden weiter! Das darf doch nicht wahr sein! Ok, jetzt aber schnell! Der Mann murmelte noch etwas von der ersten Bushaltestelle nach dem Ortsschild. Das war mir gerade recht, denn die war wirklich gleich unmittelbar nach dem Ortschild auf der Seite. Ich gab meinem Taxi die Sporen und wir flogen regelrecht über die Landstraße. Als wir die Bushalte erreichten, ging es ziemlich schnell. Der Typ reichte mir zwei Scheine nach vorne, murmelte etwas von „Stimmt so. Der Rest ist für dich. Danke für alles!" Und schon waren sie draußen. Als ich den beiden noch nachsah, machte er sich die Hose und den Gürtel zu und sie hatte ihren Slip am Finger baumeln! Jetzt nicht wirklich, oder?!? Haben die beiden wirklich, …?!? Ich schaltete erst mal sämtliche Innenleuchten für die Rücksitzbank ein, um zu prüfen wie es denn dort aussah! Aber zum Glück konnte ich nichts entdecken was ich hätte erst mal entfernen müssen, puh, nochmal gut gegangen!

    Und wieder einmal bekam ich mehr mit als mir recht war!

19 - Immer s´gleiche mit den Jungs.

Ich habe eine Reihe von Stammgästen die ich regelmäßig nach Hause bringe. In der Zwischenzeit weiß ich natürlich wo der eine und andere Pappenheimer wohnt, sodass meine Kunden mir nicht jedes Mal sagen müssen wo sie wohnen oder wie ich fahren solle. In einigen Fällen kann das auch ziemlich hilfreich sein. Zum Beispiel, wenn der Alkohol seine Finger im Spiel hatte. Sie schlafen während der Fahrt ein, können nicht mehr sagen wo sie wohnen, sehen Straßen die sie nicht kennen, dabei sind sie schon vor ihrer Haustüre usw. In manchen Fällen bringe ich die Leute nicht nur nach dem Feiern nach Hause, sondern fahre sie auch schon zur der Party bei der sie eingeladen sind. Zum Beispiel sind Geburtstagsfeiern solche Anlässe, bei denen bleibt man in der Regel und wechselt nicht wie an anderen Abenden von einer Kneipe zu anderen. In einem speziellen Fall habe ich einen Freund zu einer Halloween-Party in das Roxy gebracht. Seine Nummer habe ich natürlich in meinem Handy eingespeichert, sodass ich auch gleichsehe, wenn er sich bei mir meldet. Beim Hinfahren zu dieser Party kündigte er schon seinen ungeheuren Durst an, den er wohl an diesem Abend hatte, na dann, Prost. „Melde dich einfach, wenn du so weit bist, ich weiß ja jetzt wo ich dich wieder finde", gab ich ihm beim Abschied noch mit auf den Weg zur Party.

Im Laufe der Nacht, deutlich früher als ich von ihm gewohnt war, klingelte mein Handy und ich sah auf meinem Display, dass es sich um meinen Kumpel handelte, den ich zu dieser Halloween-Party brachte. Ich nahm das Gespräch an, meldete mich wie gewohnt, aber es antwortete niemand. „Hallo? *Name*? Bist du es?" Dann hörte ich leise ein Atmen, nein, ein Schnaufen, oder besser noch ein Stöhnen! Ich rief nochmal seinen Namen, ob er es sei und ob ich ihn wieder abholen solle. Ein paar schwere Atemzüge später kam ein klägliches: „jaaachaaach, *hust*"

„Ok, ich komme, stehe in fünf Minuten vor dem Eingang!" Darauf kam ein gekeuchtes „ok" von ihm und ich machte mich auf den Weg. Ich fand ihn wie ausgemacht vor dem Eingang. Das freie Stehen ging nicht mehr, auch das Sprechen fiel beinah komplett aus, nur das Anpeilen meines Taxis hat noch halbwegs funktioniert. Er ließ sich auf den Beifahrersitz fallen, schnallte sich mit etwas Mühe an und schloss die Türe. Als ich ihn fragte ob er heim wolle kam nur ein Nicken. Ok, reicht mir, schließlich kenne ich seine Adresse. Die Fahrt verlief normal. Vorsichtiger bin ich gefahren wie gewohnt, denn ich wusste nicht wie stark die Flüssigkeit in ihm schon schwankte. Nicht das er sich nochmal etwas durch den Kopf gehen lassen musste. Beim Ankommen kam noch ein herzliches „Danke". Tags darauf erklärte er mir, wie froh er sei, dass ich jedes Mal da bin, wenn er in einem solchen Zustand ist. Einem anderen Taxifahrer hätte er nicht mehr erklären können wo er zum Abholen war und wo er wohnt, ...

Schon in Ordnung, gern gemacht. ;-)

20 - „Machen sie auch Fernfahrten?"

„Na klar." „Würden sie auch nach Spanien oder so fahren?" „Jap."

So oder so ähnlich verlaufen öfter die Fragen der Kundschaft. Und tatsächlich. Wir fahren dort hin, wohin der Kunde möchte. Zumindest einige Fahrer machen das, nicht alle, das stimmt, aber einige von uns. Es fängt natürlich mit der Frage an, wie lange der Fahrer bereits schon im Dienst ist denn nach bereits sieben Stunden oder so kann man natürlich nicht noch mal 16 Stunden darauf packen. Das geht natürlich nicht. Ich selber sage in solchen Augenblicken gerne, dass ich dort hinfahre, wo meine Außenspiegel durchpassen, egal wohin. Meist kommt gleich darauf die Frage was denn meine weiteste Fahrt bisher war. Die erzähle ich gerne, denn bei meiner weitesten Fahrt saß ich alleine im Auto! Wirklich! Ich hatte niemanden bei mir, sondern nur ein kleines Päckchen, das in etwa so groß war wie eine Schuhschachtel. Ich muss dazu sagen, dass ich überhaupt kein Glück habe mit weiten Fahrten. Wenn ich beobachte, wo meine Kollegen so in der Weltgeschichte rumfahren, da werde ich oft neidisch. Lukrativ sind solche Fahrten nicht, zumindest nicht von der Wirtschaftlichkeit, denn die Rückfahrt macht man ohne Umsatz und das ist überhaupt nicht gut für den Kilometerschnitt. Das Finanzamt, das freut sich, klar. Denn die wollen den Umsatz nach Kilometer angegeben! Aber das ist eine andere Geschichte. Für mich oder für einen anderen Fahrer bedeutet eine weite Fahrt in erster Linie schnellen Umsatz. Das freut jeden Angestellten. Besonders wenn die Wartezeit in dieser Schicht hoch war. Für einen Unternehmer ist so etwas eine willkommene Abwechslung, aber eben nicht gerade gut für das Geschäft. (Wirtschaftlichkeit) Jedenfalls war meine weiteste Fahrt nach Österreich. Und die Fahrt habe eigentlich auch nicht ich, sondern der Fahrer aus der Tag-Schicht bekommen. Weil er aber schon kurz vor seinem Feierabend, und ich gleichzeitig schon startklar war, hat er mir die Fahrt übergeben. Es war ein Päckchen mit einem sehr wichtigen Computerteil für eine Serienproduktionsmaschine. Und jede Stunde, in der das Fließband nicht lief, kostete den Hersteller mehr als die Taxifahrt. Es war also auch noch Eile geboten. Von Ulm aus waren es 444 Kilometer hin und nochmal 444 Kilometer zurück. Es wurde im Voraus ein Festpreis vereinbart, mit Rechnung im Nachhinein beglichen und acht Stunden später war ich auch schon wieder zurück. Als ich dort ankam, wurde ich bereits von einem Herrn mit langem weißen Kittel, ähnlich einem Arztmantel, erwartet der mir das Päckchen eilig abnahm und wieder in der Produktionshalle verschwand.

Es finden auch Fahrten statt die in das Ausland gehen. Paris, Rom, so etwas kam schon hin und wieder vor, das ist aber natürlich sehr selten. Das entfernteste bisher in unserem Unternehmen war eine Fahrt nach Lübeck. Sie war mit rund 850 Kilometer (einfach) die weiteste Fahrt. Eine Entlassung aus der Ulmer Klinik zurück in die Heimatklinik des Patienten, bei der seine Krankenkasse die Kosten der Fahrt übernahm.

21 - Gas!!!

Es war an einem Sonntagmorgen gegen drei Uhr in der Nacht als ich einen Auftrag über Funk bekam. Die Schicht lief bis zu diesem Moment ziemlich mies und ich war froh um jeden Auftrag den ich erhielt. Er lautete auf einen Ulmer Stadtteil, etwas außerhalb und somit einer der typischen Vororte von Ulm. Dieses Wohnviertel unterscheidet sich mit zahlreichen Plattenbauten und einem ziemlich miesen Ruf was die Kriminalität angeht etwas von den restlichen Ortschaften. Das Ganze noch in der Nacht oft mit Nebel garniert durch die vielen Moorgebiete drum herum bedingt durch das Donautal. Es werden zwar zurzeit einige neue Wohngebiete dort angelegt, die mit typischen kleinen Wohnhäusern, Spielplätzen für Kinder und so weiter versucht werden freundlich zu gestalten, aber in vielen Köpfen der Ulmer bleibt es eben die „Plattenbau-Siedlung". Alles in allem eine Gegend die ich gerne meide, sofern es möglich ist. Ein Stadtteil den ich nicht mag und somit mich nicht gerade freue, wenn ich dort jemanden holen oder hinfahren soll. Aber was soll es, das gehört eben auch dazu und nachdem ich in dieser Nacht von meinem Umsatzziel sowieso noch sehr weit entfernt war, war ich froh um jeden Auftrag den ich fahren konnte. Die Adresse lautete auf ein Einkaufszentrum mitten zwischen den genannten Plattenbauten. Und dort sollte ich zu einer typischen Bierkneipe kommen, um meinen Fahrgast dort zu holen. Ich wunderte mich, dass um diese Uhrzeit dort jemand ein Taxi brauchte, denn gegen Mitternacht ist eigentlich Feierabend in dieser Kneipe. Als ich auf den Parkplatz des Einkaufszentrums einbog, war alles menschenleer. Kein Auto, keine Fußgänger, dazu Nieselregen, nicht mal eine Katze war zu sehen. Selbst diese nachtaktiven Viecher blieben in dieser Nacht lieber in ihrem Nest.

Jedenfalls, um diese heilige Zeit nimmt man es mit den Einfahrverboten und den Fußgängerzonen nicht mehr gaaanz sooo genau, und ehe ich einige Minuten von dem außenliegenden Parkplatz durch diese Gassen zu Fuß ging, bin ich kurzerhand langsam durch die Fußgängerzone gerollt, bis direkt vor dieses Lokal. Aber die Kneipe war dunkel! Und verschlossen! Wie ich mir schon dachte! Niemand da! Na toll, ganz klasse! Erst kein Glück mit den Fahrten, dann noch diese Adresse, und jetzt auch noch eine Leerfahrt! Prima! Hat nicht viel gefehlt und ich hätte das Handtuch geworfen und wäre nach Hause. Jedenfalls hatte ich keine Hoffnung mehr in dieser Nacht noch etwas zu reißen. Wenigstens war ich in das Einkaufszentrum hineingefahren, und habe nicht auch noch einen blöden Spaziergang zu diesem Mist gemacht!

In diesem Moment war, tja, wie sagt man da am besten? Ich glaube meine Lust war meine Motivation suchen gegangen! Und somit waren nun beide weg!

Verdammt!

Als ich der Zentrale Bescheid gesagt hatte, dass dieser Auftrag eine Leerfahrt war und sie diesen wieder stornieren konnte, kam plötzlich ein junger Mann aus einer dunklen, engen Seitengasse neben dieser Kneipe angerannt, riss die Türe hinten rechts auf und hechtete mit Anlauf in mein Taxi! Noch bevor er die

Türe zu schlug schrie er zu mir vor: **„Gas!!"** Ich drehte mich nach hinten zu ihm um: „Bitte, was?" Er riss die Augen auf, ähnlich einem Fisch in der Auslage, und schrie panisch: **„Um Himmels willen! Gib Gas! Schnell!!"** An seinem Kopf vorbei sah ich durch die Heckscheibe eine Gruppe junger Männer. Sie kamen nur eine weitere kleine Gasse entfernt zum Vorschein! Eine Gruppe mit etwa fünf Männern, die lange Prügel oder Basketballschläger oder etwas Ähnliches in ihren Händen hatten!! Sie sahen uns und rannten sofort auf uns zu!! „Ups! Ok ok, schon überredet!" Ich gab Gas!! Ich trat das Gaspedal von meinem kleinen alten Diesel bis zum Bodenblech durch! Die Typen im Rückspiegel waren verdammt gut zu Fuß und sind erst mal richtig nah an meinen Heckdeckel gekommen! Einer holte aus und warf seinen Schläger nach uns, traf uns aber nicht, denn dafür war ich dann doch schon zu schnell und zu weit entfernt! Der Motor brüllte, nein, er heulte zwischen den Wänden noch viel lauter als sonst und wir sind mit verdammt hoher Geschwindigkeit über die Fußwege (!) an den Schaufenstern entlang, über Bodenwellen an Parkbänken, Mülleimern, Fahrradständern und Blumenkübeln vorbei durch die Gassen geflogen!! Himmel hilf!! Verdammte Schei..., so etwas fehlte mir noch!! Hoffentlich geht das gut!!! Wenn jetzt ein Betrunkener oder so plötzlich vor mir auftauchen sollte, nein, besser nicht darüber nachdenken!! Bloß schnell weg hier! Ich hatte natürlich keine Ahnung wie ich hier aus diesem verwinkelten Zentrum mit den engen Fußwegen wieder raus kam, denn hier kaufte ich ja nie ein! Also kannte ich mich auch überhaupt nicht aus! Wenn ich jetzt gleich vor einer Treppe oder ein paar Pfosten stehen sollten, sehen wir glaube ich ziemlich schnell - ziemlich alt aus! Den Jungs möchte ich auf keinen Fall noch mal begegnen! Aber wir hatten Glück und ich fand eine kleine Lücke zwischen zwei Beton-Blumen-Kübeln mit Blumenrabatten! Wir rasten durch und hatten nur zwei kleine Stufen runter zu fahren und landeten etwas unsanft auf einem größeren Parkplatz aus dem ich dann auch den Ausgang wieder wusste. Das Gaspedal blieb währenddessen am Bodenblech, der kleine Diesel gab sein Bestes und mit Halali, quietschenden Reifen und allem was der Motor von sich geben konnte, sind wir auf die Hauptstraße eingebogen und davongefahren! Nach ein paar Minuten und auch ein paar Kilometern weiter Richtung Ulm bekam ich ein Zittern in meinen Knien und ich merkte wie aufgeregt und nervös ich eigentlich war. Ich hatte einen ordentlichen Adrenalin-Cocktail! Mir war schon halb schlecht vor lauter Aufregung! Ich durfte überhaupt nicht daran denken was alles hätte passieren können! War ja wie bei Verfolgungsfahrten in Hollywood-Streifen! Da geht auch oft viel zu Bruch!

Aber alles in allem ging es mir noch ganz gut. Zumindest im Vergleich zu meinem Fahrgast! Der hatte die Hosen mal richtig voll! Wenn nicht sogar gestrichen voll! Die Fahrt aus dem Einkaufszentrum tat sicherlich ihr übriges, denn ihn schleuderte es mehrmals unsanft auf der Rückbank von links nach rechts und wieder zurück. So wie er seine Geschichte schilderte, war anscheinend das Flüchten und Verstecken vor diesen Jungs schon ziemlich lange im Gange und irgendwann wusste er eben nicht mehr weiter. Irgendwie kam er dann auf die Idee mit dem Taxi und rief sich eines über unsere Taxenzentrale. Jetzt musste er sich nur noch gut vor dieser Gruppe verstecken bis sein bestelltes Taxi bei ihm angekommen war. Tja, und das war in dieser Nacht eben ich. Die Warterei muss für ihn ziemlich lange gedauert haben, so wie er das alles schilderte. Warum sie ihm an die Wäsche wollten wusste er angeblich nicht, denn er kannte sie nicht. Sagte er. Na ja, vielleicht kannte er **SIE** nicht mehr, aber **SIE IHN**. Egal, ich wollte gar nicht so viel davon wissen. Wir sind nach Ulm reingefahren, ich habe ihn am Bahnhof aussteigen lassen und er hat eine Pauschale bezahlt denn bei der ganzen Aufregung hatte ich den Taxameter natürlich vergessen einzuschalten.

„Danke nochmal", sagt er sichtlich erleichtert zum Abschied und schloss die Tür. „Gerne" dachte ich so vor mich hindenkend. „Jederzeit wieder, …"

22 - Geldregen

Es war eine typische Bierkneipe in einer nicht gerade schönen Gegend in der Ulmer Innenstadt und es war noch am frühen Abend. Mein Fahrgast hatte ordentlich einen im Tee, war schlampig gekleidet, eine Dusche war glaube auch schon einige Tage her, und obendrein noch ziemlich übel gelaunt. Also alles in allem ein Auftrag, auf den man auch gerne verzichten könnte. Der Betrunkene wollte aus der Innenstadt raus und nach Hause. Das Ziel lautete Unterelchingen. Machte in etwa 25 Euro. Immer wieder während der Fahrt fing er an, über die Preise zu schimpfen, die im Taxi fällig wären. Na klasse, das auch noch. Andere sind froh, wenn es überhaupt noch jemanden gibt, der einen in diesem Zustand mit seinem Auto abholt und nach Hause bis vor die Haustüre fährt! Und das auch noch für schmales Geld. Da frag doch mal einen fremden Autofahrer! Bin mir sicher das macht keiner freiwillig! Nur mal so am Rande für die Unverbesserlichen, die dann auch noch im Taxi meinen sie müssten rumstressen statt dankbar zu sein! Jedenfalls habe ich ihn weitergefahren. Ich habe einige Kollegen, da wäre er sofort aus dem Taxi geflogen und hätte laufen können. Bis in die Friedrichsau war das ganze Stänkern von ihm noch erträglich. Meine Laune sank aber steil nach unten. Aber er hörte nicht auf und pöbelte in einer Tour weiter! In Thalfingen reichte es mir! Ich hielt am rechten Fahrbahnrand und machte ihm klar, dass das was auf den Taxameter aufläuft auch zu bezahlen ist!

Außerdem hätte ich die Nase voll von seiner Laune und er solle sich jetzt gefälligst zusammenreißen! Er beruhigte sich wieder etwas, aber leider nur kurz. Bereits zwischen Thalfingen und Oberelchingen eskalierte es dann. Er fuchtelte wie wild im Auto herum, schlug auf das Armaturenbrett ein und behauptete ich wolle den Preis hochtreiben und ihn nur ausnehmen. Er beschimpfte mich auf das Übelste und hieß mich alles, was ich hier in einem Buch nicht wiedergeben kann! Wir wären alle Verbrecher war noch das Mildeste! Ok. Jetzt reichte es. Was zu viel ist, ist zu viel! An einer Haltestelle in Oberelchingen hielt ich sehr plötzlich an! Ein kurzer Blick in den Rückspiegel, rein in die Parkbucht und Vollbremsung! Nachdem es ihn in seinem Sitz ordentlich verschüttelt hatte, verlangte ich den vollen Fahrpreis! Und zwar bis in seine Ortschaft Unterelchingen auch, obwohl wir noch rund fünf Kilometer entfernt waren. Dann war es so weit und er rastete völlig aus! Er riss seinen Geldbeutel aus der Jackentasche, öffnete ihn und schrie sehr laut was ich denn eigentlich von ihm wolle: **„Du willst mich übers Ohr hauen! Du Betrüger! *mehrere Schimpfwörter/Beleidigungen* Willst du 20 Euro? Willst du 30 Euro? Willst du etwa 50 Euro?!? Ich mach dich fertig! Mit mir kannst solche Spiele nicht treiben"**, und so weiter. Dabei wedelte und schwenkte er sehr aggressiv mit den Armen im Auto rum. Seinen Geldbeutel hatte er aber bereits geöffnet und hielt nicht nur das Münzenfach auf, sondern auch das Fach mit den Scheinen! Ich kam aus dem Staunen nicht mehr raus als es in meinem Taxi plötzlich Münzen und Scheine regnete! Geldregen! Die Scheine und

Münzen flogen in alle Richtungen! Er schrie weiter und verteilte im ganzen Auto sein Bargeld. Die Scheine, die nicht von alleine rausgefallen sind, zog er auch noch mit den Fingern raus und warf sie nach mir!
„HIER! REICHT DAS JETZT? REEIICHT DAAAS JEETZT???" Er brüllte wie ein Irrer und war nicht mehr zu beruhigen! So einen Typen hatte ich in den ganzen Jahren nicht noch mal! Er war zum Glück echt eine Ausnahme! Mir war das aber völlig egal, dass er total am Rad drehte und ob er nun den Fahrpreis zurücklässt, ob noch etwas fehlte, oder ob es viel zu viel ist. Der Typ konnte fahren mit wem er wollte, aber nicht mehr mit mir! Ich wartete bis er fertig mit seiner Spende war und warf ihn raus! Dabei kam es noch zu einem kleinen Handgemenge, aber das war schnell erledigt. Er war einfach viel zu betrunken um etwas wirklich Schlimmes anzurichten. Ich packte ihn an seinen Klamotten, zerrte ihn aus dem Auto und warf ihn in das Häuschen der Bushalte. Jetzt nur noch schnell die Knöpfe von den Türen runter gedrückt bevor ich sie schließe, damit er sie von außen nicht mehr öffnen kann, Türen zu, schnell selber wieder einsteigen, und Gas! Bloß schnell weg, ehe der tatsächlich noch einen weiteren Ausraster bekommt. Schließlich weiß man nie was in solch betrunkenen Köpfen vorgeht! Ich wendete mit Vollgas und fuhr zurück bis nach Thalfingen. Ich fand eine sehr gut beleuchtete Stelle, an der ich anhielt um das Geld einsammeln zu können. So kann ich schließlich nicht die nächsten Kunden einladen! Wie würde das denn aussehen, wenn überall die Kohlen rumliegen?!? Zusätzlich suchte ich mit meiner Taschenlampe um

die Sitze herum noch nach den vielen Münzen und alles zusammen gab dann eine ordentliche finanzielle Entschädigung für diesen Adrenalin-Kick. Beinah nochmal den Umsatz einer ganzen Nacht! Und schon war es gar nicht mehr sooo schlimm, …

Zum Glück passierte mir das in diesen vielen Jahren nur ein einziges Mal, sonst würde ich diesen Job lange nicht so gerne machen. Und vor allem nicht schon so lange!

23 - Der Klassiker

Sie waren beide sehr aufgeregt, als sie hastig meine Türen öffneten und sich setzen. „In die Frauenklinik! Schnell!" Ich drehte mich kurz nach hinten, sah den Bauch der schwangeren Frau, vor allem ihren Gesichtsausdruck und wie sie ihn festhielt, und dass leicht aus der Fassung geratene Gesicht des werdenden Vaters! **„Sie ist schwanger und hat sehr starke Schmerzen, bitte so schnell wie es möglich ist in die Frauenklinik!"** Oh nein! Bitte nicht! Das ist ja wie in irgendeinem Hollywood-Streifen! Ich ließ es mir nicht zweimal sagen und fuhr recht schnell los. Der Vater sah natürlich auch meinen Gesichtsausdruck und beruhigte mich gleich, dass es bis zum Geburtstermin noch ein paar Tage seien. Weil seine Frau aber so starke Schmerzen hätte, wollten sie jetzt doch lieber schnell in das Krankenhaus.

Hallo?!? Ihr habt ja Nerven! Für so etwas sollte man einen Krankenwagen rufen! Für solche Fälle sind die schließlich da! Und viel schneller sind die noch dazu! Ich hatte alles, aber keine Lust hier noch eingreifen zu müssen! Und schon zweimal nicht als Geburtshelfer!

Oh man, ich sah schon die Entbindung vor mir und hatte dabei kein gutes Gefühl! Die Gedanken flogen mir nur so durch den Kopf und die typischen Dinge aus den Filmen wie heißes Wasser, Handtücher und so weiter hatte ich natürlich alles nicht dabei! Weder das eine noch das andere! Wenigstens der Gott der Ampeln war mit uns und sie standen alle auf grün. Damit hatten wir schon mal Glück. Hoffentlich bleibt das so! Die Fahrt über stöhnte die Frau immer lauter und in einer fremden Sprache die ich nicht verstand, versuchte der werdende Vater die junge Frau offensichtlich zu beruhigen. Die Fahrt von Söflingen bis zum Michelsberg in die Frauenklinik schaffte ich in knapp 10 Minuten und ein Rettungswagen wäre glaube ich nicht viel schneller gewesen. Jedenfalls ging alles gut und wir erreichten den Eingang, vor dem ich direkt anhalten konnte, ohne dass ich etwas anderes machen musste, außer fahren. Glück gehabt! Es flog ein großzügiger Schein mit den Worten: „Stimmt so." und schon waren die beiden auf dem Weg zu Eingang. Puh, gut gegangen. Nicht auszudenken wie das sonst noch hätte ausgehen können!

Geburtsort: „Taxi."

Geburtshelfer: „Der Taxifahrer."

Dann wäre diese kurze Geschichte hier um einige Zeilen länger geworden!

24 - Gummibärchen

Hier kommt eine kleine Geschichte die zwar in meinem Taxi, aber nicht mir selber passierte, die jedoch aber einfach erwähnenswert ist. Ich werde sie in der Ich-Form der Einfachheit halber erzählen.

Es war an einem Vormittag und es war eine etwa vierjährige Patientin mit einer schweren Krankheit in der Kinderklinik am Michelsberg von der Station zu holen. Sie musste für weitere Untersuchungen in eine Spezialabteilung in den Klinikteil auf den Oberen Eselsberg. Das sind etwa 10 Minuten Fahrzeit und rund 16 Euro Umsatz. Also ganz ok. Ich versuchte eine kleine Unterhaltung während der Fahrt, wurde aber unterbrochen. Die Mama der Kleinen erklärte mir, sie hätte eine schwere Blutkrankheit und nur sehr wenige Heilungschancen. Auch war nicht klar, ob sie die nächsten Weihnachten erleben würde. Und ich möchte doch bitte entschuldigen, wenn sie jetzt nichts Weiteres spricht. Verdammt, natürlich, „Entschuldigung", sagte ich nur, und schon hatte ich einen Kloß im Hals. Dafür habe ich natürlich Verständnis. Die Kleine tat mir Leid und ich blieb die restliche Fahrt über still.

Das Mädchen wurde während der Fahrten und den Untersuchungen dabei von ihrer Mutter begleitet und beide saßen nun auf der Rücksitzbank. Dabei wurde das sichtlich angeschlagene kleine Mädchen während der ganzen Fahrt von der Mutter im Arm gehalten und getröstet in einer Sprache aus einem vermutlich arabischen Raum. Sie war von ihrer Krankheit bereits sichtlich gezeichnet und sehr geschwächt. In ihrem Gesicht war die Erschöpfung jedenfalls nicht zu übersehen. Sie tat mir unglaublich leid. Die Mutter sprach gebrochen Deutsch, das kleine Mädchen konnte aber nur die Muttersprache. Am Ende der Fahrt fiel mir ein, dass ich zufällig an diesem Tag kleine Tütchen mit Gummibärchen in meiner Mittelkonsole liegen hatte. Ich hatte diese am Morgen geschenkt bekommen, als ich beim Bäcker mein Frühstück holte. Am Ende der Strecke und beim Aussteigen vor dem Klinikeingang nahm ich eines dieser kleinen Tütchen mit den Gummibärchen, lief um mein Taxi zu den beiden, und schenkte es dem Mädchen. „Vielleicht hilft es ja ein wenig", sagte ich und dachte dabei an ihren seelischen Kummer. Die Kleine saß auf dem Arm der Mutter und hatte den Kopf auf deren Schulter liegen. Sie zeigte keine Regung. Erst als die Mutter in ihrer Sprache dem Mädchen erklärte was das ist, und dass sie es als Geschenk bekam, kam ein müdes Lächeln auf in ihrem Gesicht, streckte den Arm aus und sie nahm die kleine Tüte an. Die Mutter bedankte sich und die beiden gingen in die Klinik.

Es vergingen einige Monate und die Mutter mit ihrem kranken Mädchen war fast schon vergessen. Leider schon fast kein Wunder, bei den vielen Patienten und den damit verbundenen Schicksalsschlägen, die man täglich in den Kliniken zu sehen bekommt und in unseren Taxen gefahren werden.

Das Funkgerät klingelte endlich nach längerer Wartezeit und eine Patientin musste auf einer der

Stationen abgeholt werden, und in die Kinderklinik auf den Michelsberg gefahren werden. Es war eine Mutter mit ihrer Tochter. Die beiden liefen Hand in Hand, alberten auf dem Flur herum und kamen auch schon auf meinem Weg zur Station mir entgegengelaufen. Auf die Frage ob sie die Frau *Name* sei, nickte die Mutter freundlich und wir gingen zum Taxi. Ich erkannte die beiden nicht mehr, denn es waren die beiden die ich vor einigen Monaten schon gefahren hatte. Die beiden alberten weiter bis zum Parkplatz. Anscheinend hatten sie viel zu lachen und waren guter Dinge. Die beiden schnallten sich an und ich fuhr los. Im Auto war es sehr still und es wurde nicht mehr viel gesprochen. Bis etwa auf halber Strecke das Mädchen in ihrer Sprache etwas zu ihrer Mutter sagte. Natürlich verstand ich kein Wort. Die Mutter schaute erst etwas erstaunt ihre Tochter an und anschließend zu mir in den Rückspiegel. Die beiden wechselten nochmal kurz zwei Sätze als die Mutter sich anschließend zu mir wendete. Die Mutter sagte: „Entschuldigen sie bitte wenn ich sie kurz störe, aber ich soll ihnen von meiner Tochter noch mal ein ganz herzliches Dankeschön ausrichten. Sie haben ihr vor einigen Monaten ein Päckchen Gummibärchen geschenkt. Sie glaubt, es hat ihr geholfen gesund zu werden. Sie hat sich sehr gefreut. Vielen Dank nochmal."

Manchmal liebe ich diesen Job wirklich!

25 - Karlstraße Ecke Friedenstraße

Ich stand am Ulmer Hauptbahnhof als ein Geschäftsmann mit Anzug, Laptop und der Tageszeitung unter dem Arm bei mir einstieg. „Ich möchte bitte direkt an der Friedenstraße Ecke Karlstraße aussteigen." „In Ordnung", und schon ging es los. Keine zehn Minuten Fahrt, in der Innenstadt und schnelle acht bis neun Euronen Umsatz. An der Straßenkreuzung angekommen hielt ich den Taxameter an und nannte den Preis. Der Herr faltete seine Zeitung zusammen, in die er während der Fahrt sehr vertieft war und staunte nicht schlecht als er hochsah. Etwas entrüstet entfuhr es ihm: „Wir sind hier falsch! Ich sagte Karlstraße Ecke Friedenstraße!" „Ähm, wir stehen genau an dieser Ecke, wir stehen sogar direkt vor den Straßenschildern! Links ist das Straßenschild der Karl- und rechts das der Friedenstraße, dort können sie es selber lesen", und zeigte ihm das Schild. Der Fahrgast schaute noch etwas erstaunter und erklärte, dass er hier nicht das Geringste erkennen würde. Jetzt fiel mir etwas ein: „Aber sie wollten schon nach Ulm, oder eine andere Stadt? Vielleicht Neu-Ulm? Bayrische Seite der Donau? Dort gibt es eine solche Ecke noch mal fällt mir gerade ein." „Ja, natürlich in Neu-Ulm! Sagte ich das nicht?" „Nein, sagten sie nicht, aber es ist nicht weit weg, die halbe Strecke haben wir ja schon, sind gleich da." Die Fahrt übernahm ohnehin sein Arbeitgeber und so störte es ihn nicht weiter, murmelte er noch so vor sich hin und faltete seine Zeitung wieder auf.

Man lernt bekanntlich nie aus. Seit dem, wenn ich nur einen Straßennamen ohne Zusatzangaben bekomme, frage ich grundsätzlich nach, ob Ulm, Neu-Ulm, ein Stadtteil oder was auch immer mir dazu einfällt. Besonders solche sehr gängigen Straßennamen wie Industriestraße, Hauptstraße, Frauenstraße, Zeppelinstraße, etc. Die gibt es in **jeder** Stadt, ... Kann ja auch mal sein, ich habe eine ähnliche klingende Straße im Kopf und ich fahre in eine verkehrte Richtung. Da gibt es ein paar Klassiker! Ein paar (Ulmer-) Beispiele? Also solch schon fast elementare Straßen wie Kelternweg und Keltergasse bekommen glaube ich alle Taxifahrer noch auf die Reihe. Auch die Jörg-Syrlin-Straße und die Syrlinstraße sowie die Schillstraße und Schill**er**straße sollten jedem klar sein und keinerlei Schwierigkeiten machen. Etwas kniffliger wird es bei den kleinen wie z.B. dem Jörg-Stocker-Weg und dem Johann-Stockar-Weg. Da kommen schon manche ins Schleudern. Völliges Chaos herrscht aber dann zu guter Letzt in den Köpfen der Taxifahrer bei diesen Kandidaten hier: Uhlandstraße, Uhlandweg und Ulanenweg. Oder solchen hier: Riedleinweg, Riedleinstraße, Riedweg, Riedwiesenweg und der Rychardweg. Da frage ich gerne noch mal nach ob das Ziel am Eselsberg, in Söflingen oder in Göggingen ist! Und auf der anderen Seite der Donau, in Neu-Ulm, gibt es die schließlich fasst alle noch mal! Habt also bitte etwas Verständnis, wenn ihr als Fahrgast in ein Taxi einsteigt, nur einen Straßennamen nennt, und der Taxifahrer kurze Bedenkzeit benötigt. Er möchte euch sicherlich nicht ärgern oder so. Er muss nur die ähnlichen Straßen im Kopf etwas sortieren, wenn ihr solche kleinen „Fallen" stellt. Natürlich kommt es vor, dass die eine oder andere Straße entfallen ist. Aber dazu sind die Fahrer ja schließlich auch nur Menschen, und manche „Kopf-Navis" sind dann doch schon teilweise etwas eingestaubt. Danke für eure Geduld, wenn so etwas mal vorkommen sollte.

26 - „I wart auf a Taxi aber s´kummt net kummt net kummt net"

Ich zirkelte in der Nacht durch die Straßen und Gassen von Ulm in der Hoffnung, dass ich einen Fahrgast am Straßenrand winken sehe. Vor einer „Bier-Kneipe" in der Ulmer Weststadt stand dann tatsächlich eine Gruppe von vier Leuten vor diesem Lokal und kurz bevor ich daran vorbeifahren konnte, sprang eine dieser Personen auf die Fahrbahn und stoppte mich. Kaum hatte ich angehalten, kam die Dame an mein Fester geeilt. Ich öffnete mein Fenster und sie fragte mich gleich ob ich das Lied kennen würde mit dem Text-Teil: „I wart auf a Taxi aber s´kummt net, kummt net, kummt net".

„Ähm, ja kenne ich. Ist aber schon etwas älter, keine Ahnung von wem das damals war, warum?"

Und die Dame: „Nur so, das war es schon, danke, tschühüs und gute Fahrt."

„Äh, was? Das war es schon? Wie jetzt? Äh, na gut, dann fahr ich eben weiter", dachte ich so bei mir. Ich schloss mein Fenster wieder und wollte schon los, als sie nochmals angerannt kam: „Wir nehmen dich doch! Ein Taxifahrer, der dieses Lied kennt, hatten wir noch nie!" Es war keine besonders lange Fahrt und sonst war auch nichts ungewöhnlich. Zumindest im Vergleich zum Beginn der „Kontakt-Aufnahme." Wir fuhren in die nächste Bier-Kneipe, der Fahrpreis war unter zehn Euro, sie rundeten auf einen vollen Zehner auf und schon waren sie wieder verschwunden. Also eigentlich alles ganz normal.

27 - „Du bist ja cool, krieg ich deine Nummer?" „NEIN!"

Der Beginn dieser Fahrt war noch völlig normal. Es war eine Gruppe angetrunkener Jungs am Sonntagmorgen. Es war gegen fünf Uhr und sie wollten alle Heim, aus der Ulmer Innenstadt raus in einen Ulmer Vorort namens Jungingen. In Jungingen angekommen stieg der Erste schon kurz nach dem Ortseingang aus, die anderen sind ebenfalls nach und nach an verschiedenen Straßenecken ausgestiegen. Der Letzte wollte die Fahrkosten begleichen und vor der Bank abgesetzt werden, denn er hatte nur noch ein paar vereinzelte Münzen bei sich. Am Ende der Taxifahrt noch in einer Bank Geld zu holen, ist nichts Ungewöhnliches und kommt öfter vor. Wie er es wollte, hielt ich direkt vor einem Bankeingang mit dem Geldautomaten. Ich sah ihm noch hinterher, als er in die Bank lief. Er war etwa 16 Jahre alt, auffällig helle blonde Haare, war sehr dünn und riesengroß. Sicherlich über zwei Meter der Junge, hatte lange, schlappernde Skater-Klamotten mit Hänge-Arsch-Hosen an und eine schneeweiße Baseball-Mütze. Sie leuchtete regelrecht in der der Nacht, so weiß war die Mütze. Solange ich auf ihn warten musste, stieg ich langsam aus und lehnte mich vorne an den Kotflügel meines Taxis. Zwischen mir und der Türe war kein großer Abstand, vielleicht zehn Meter, höchstens, mehr nicht. Der Junge stand eine Weile vor dem Bankautomaten und hatte den Rücken zu mir gekehrt. Ich konnte also nicht sehen was er an dem

Automaten wirklich machte, ich nahm an, dass er Geld holte, um mich zu bezahlen wie er es sagte. Als er jedoch wieder zurückkam und durch die Glasschiebetüre durchlief bog er nach rechts ab! Ich stand mittig vor der Türe, aber er bog seitlich ab und lief zügig weg! Ich rief ihm hinterher und kaum hatte ich ausgesprochen, nahm er seine Beine in die Hand und rannte wie ein Hase die Straße entlang! Ich versuchte ihm noch kurzzeitig hinterher zu rennen, musste aber schon nach wenigen Metern feststellen, dass der Typ mit seinen ewig langen Beinen in einem Schritt mehr Meter machte als ich in zwei Schritten! Der rannte wie ein Sprinter-Profi! Ich hatte nicht auch nur den Hauch einer Chance! Na warte, schließlich habe ich auch noch ein Auto! Ich lief schnell zurück zu meinem Taxi, saß rein und fuhr mit Vollgas die schmale Gasse entlang, in der er verschwand. Aber nichts! Er war wie vom Erdboden verschwunden! Verdammt! Der war aber auch schnell! Verdammt schnell! Ihr müsst euch vorstellen, das Ganze in einem Wohngebiet mit unendlich vielen kleinen frei stehende Einfamilienhäusern mit Garten drum herum aus der Nachkriegszeit. Sehen auf den ersten Blick alle gleich aus. Nach jedem fünften Haus kam eine kleine Verbindungsstraße und in jeder hätte er verschwinden können. Na klasse! Den finde ich ja nie mehr! Aber ich wollte nicht gleich aufgeben! Was glaubte denn dieser kleine Pisser?!? Ok, klein war er nicht gerade, aber trotzdem! Ich bin ja nicht zum Spaß in diesem Taxi! Und das Sozialamt oder ein Förderverein bin ich auch nicht! Ich schaltete jedes Lämpchen am Taxi aus, die Scheinwerfer, das Taxischild, einfach alles was leuchten konnte und ließ mich durch die Straßen rollen. An jeder Kreuzung dieser kleinen Sträßchen bremste ich kurz, schaute links und rechts und rollte wieder weiter bis zur nächsten. Und was sah ich am Ende einer kleinen Nebenstraße??? Eine weiß leuchtende Baseball-Mütze!!! Na warte!!! Ich stieß kurz zurück und bog in die kleine Gasse. Die Scheinwerfer und so weiter blieben ausgeschaltet! Er ging mit dem Rücken zu mir die Gasse entlang, perfekt! Mit ganz niedriger Motordrehzahl beschleunigte ich, eben so, dass er mich nicht schon von Weitem hören konnte. Mit ziemlicher Geschwindigkeit schaltete ich letztendlich nur knapp hinter ihm meine Scheinwerfer wieder ein, fuhr nur sehr knapp an ihm vorbei und bremste mein Taxi scharf vor ihm! Ich schnitt ihm den Weg ab und konnte gerade noch vor einer niedrigen Mauer anhalten. Aber noch bevor ich meine Fahrertüre offen hatte, drehte er sich um und fing schon wieder zu Wetzen an! Das darf doch nicht wahr sein! Ich wollte schon wieder einsteigen und ihm hinterherfahren, als er über eine kleine Mauer hechtete und in einem dieser Gärten von diesen Häuschen verschwand! Ok, dann eben ohne Auto! Ich hinterher durch die Hecken in diesen Garten! Hoffentlich haben die keinen scharfen Wachhund! Ich sah die Mütze hinter der linken Hausecke verschwinden. Ok, du läufst links rum, ich rechts! Chance 50 zu 50, dass ich dich auf der Rückseite dieses kleinen Hauses treffe! Das probiere ich! Auf der Rückseite des Häusles trafen wir uns tatsächlich und ich nutzte den Überraschungseffekt und konnte ihn recht schnell überwältigen, zu Boden werfen und ihn am Boden halten. Ich verdrehte ihm gleich zur „Begrüßung" seinen Arm auf dem Rücken und schon nach sehr kurzer Zeit bettelte er, doch zahlen zu dürfen! Ha! Sieg! Zum Glück war er nur groß und nicht auch noch kräftig! Sonst wäre die ganze Geschichte bestimmt anders ausgegangen. Aber egal, jedenfalls habe ich seinen Plan ordentlich zerstört! Ich krallte mir seinen kompletten Geldbeutel und machte mich schnell auf den Weg wieder raus aus dem fremden Garten zurück zu meinem Taxi. Wenn der Hausherr auch noch gleich hier im Dunkeln auf der Matte steht, nein danke. Der Halbstarke reicht mir! Kaum war ich wieder an meinem Auto, kam er mit ziemlich reumütigem Blick und entschuldigte sich. Na prima, ich muss fast einen halben Meter zu ihm hochsehen und er entschuldigt sich bei mir! Und das ganze Theater wegen schlappen 15 Euro? Eigentlich völlig bescheuert! Ich durchsuchte seinen Geldbeutel und tatsächlich hatte er in der Bank nur so getan als ob er Geld holte, denn ich konnte nichts finden was mich befriedigte. Der „Geld"-Beutel war fatzenleer! Alles Mögliche drin, nur keine Kohlen. Oh Mann, also gut: „Junge pass auf, ich habe deinen Namen und deine Adresse von deinem Ausweis. Morgen Mittag, am Ulmer Hauptbahnhof, vorne am ersten Taxi bekomme ich von dir um 15 Uhr den doppelten Fahrpreis! 30 Euro. Wenn du nicht erscheinst, hast du am Montag eine Anzeige wegen Zechprellerei! Bin gespannt wie dir und deinen Eltern das gefällt, wenn die Polizei bei euch vor der Haustüre steht!"

„Ja, ist gut, bin da. Bis Morgen."

Und er kam. Pünktlich! Ich war vielleicht eine viertel Stunde vorher da und wollte noch mit den Kollegen ratschen, aber er stand schon da! Respekt, der hat wohl richtig Schiss bekommen! Auch recht. Er streckte mir die fälligen dreißig Euro sofort entgegen und entschuldigte sich nochmal für die „Unannehmlichkeiten". Ich nahm das Geld und wollte schon „Servus" sagen, denn „Wiedersehen" wollte ich den Spaßvogel nicht. Und was sagt er? „Du bist cool, bekomme ich deine Handynummer?"

„Dir geht es wohl zu gut! NEIN! Auf nimmer Wiedersehen!"

Der hatte echt nicht mehr alle Latten am Zaun.

28 - „Sagen wir 150?"

Einer meiner Kollegen schlich auffällig um mich herum, mehrmals kam er unvermittelt zum Quatschen am Taxistand zu mir. Ich weiß noch heute nicht mal seinen Namen, peinlich, eigentlich. Er bot mir einen Kaffee an, erzählte mir seine „Erlebnisse" von der letzten Fahrt, (gähn) usw. Soweit eigentlich nichts außergewöhnliches, aber ausgerechnet dieser eine Kollege kuckte mich sonst in den ganzen letzten Jahren mit dem Ars... nicht an. Ich meine, er beachtete mich nie, geschweige denn suchte er bisher das Gespräch mit mir. Bisher reichte ihm „zur Begrüßung" ein Nicken mit dem Kopf und maximal ein „Servus" kam ihm über die Lippen. Wenn er dabei den Zeigefinger noch in die Höhe streckte war es schon überschwänglich, ... Also wirklich nichts Inniges, sondern eine sehr oberflächliche Kollegialität. Wir haben schon hin und wieder mal ein paar Worte miteinander gewechselt, aber dann meist nur, wenn wir gemeinsam in einer kleinen Gruppe zusammenstanden und eigentlich alle mit allen redeten. Wie schon gesagt, sehr sehr oberflächlich. Sonst hatten wir nie viel miteinander zu tun gehabt. Und so jedenfalls kam ich nicht darauf, was der Hintergrund sein konnte, dass er plötzlich so die Nähe zu mir suchte, auch wenn ich noch so überlegte. Immer wenn er so um mich herumschlich oder auch direkt vor mir stand, musterte er mich und schaute teilweise auffällig an mir hoch und runter. Verdammt, was ist mit dem? Hat der eine Meise? Oder ist er schwul und steht auf mich? So auffällig freundlich, regelrecht höflich, und er zeigte auch Interesse an meinen Fahrten, wie es mir ginge, ob alles in Ordnung sei, ob ich schon ein gutes Geschäft gemacht hätte und so weiter und so fort. Jedenfalls sehr auffällig nett. Nachdem mir das Ganze auffiel und auch der eine oder andere Kollege das bereits bemerkte und mich daraufhin ansprach, hielt ich etwas Abstand zu diesem dann doch etwas zu aufdringlichen Kollegen. Wenn er in einer Gruppe bereits stand, beim Ratschen und Kaffee trinken, blieb ich in meinem Taxi bei meiner Zeitung, oder ich suchte mir einen anderen Kollegen zum Kaffee trinken, Blödsinn machen oder einfach zum Ärgern. Aber ab und zu ließ es sich dann doch nicht vermeiden, dass er wieder bei mir stand. Und so kam es auch, dass er mich wieder musterte und von oben bis unten anschaute. Plötzlich machte er mir ein Angebot, ein Angebot mit dem ich echt nicht rechnete: „Ich möchte dir deine Jacke abkaufen! Sagen wir 150?"

„Hä? Bitte was? Meine Jacke kaufen?!?" Jetzt war ich dann doch etwas perplex! Der wollte nicht MIR an die Wäsche, nein! Der wollte meine „Wäsche" kaufen! Ich muss dazu sagen, dass diese Motorrad-Lederjacke, die ich trug, ziemlich lange im Laden hing ehe ich sie mir leistete. Ich schlich glaube ich in dem Laden genauso monatelang um sie herum, wie der Kollege um mich am Taxistand. Aber dass er um mich herum schlich wegen der Jacke, das blickte ich ja nicht. Ich dachte ja schon er wollte etwas von MIR! Aber nein, es war „nur" mein Kittel. Erst als sie nach einigen Monaten in diesem Geschäft um rund die Hälfte des ursprünglichen Preises reduziert war, konnte ich ihr nicht mehr widerstehen und habe sie mir geleistet. Seitdem habe ich sie bei jeder Gelegenheit an. Natürlich auch beim Taxi fahren. Den Preis den er mir bot, war über dem, den ich bezahlt hatte. Und das ist aber schon sicherlich 10 Jahre her! Also alles in allem wäre es ein gutes Geschäft, für mich, wenn ich ihm meinen alten Lederkittel verkaufen würde. Jedoch hänge ich doch sehr an dieser Jacke und ich verkaufte sie ihm nicht.

Wollte der mir doch tatsächlich meinen Kittel abquatschen, ts ts.

29 - Winter T-Shirt

Es war bitterkalt. Uns hier im Schwäbischen sagt man eine raue Redensart nach und in so einem Fall sagt man hier in Ulm gerne „Arschkalt." An diesen Tagen traf das ziemlich gut zu. Ich weiß nicht mehr ganz genau wie viele Zähler unter null das Thermometer zeigte, irgendwo bei minus 15 Grad waren es tagsüber und in der Nacht noch empfindlich kühler. Es war ein verdammt strenger Winter mit langer Kälteperiode und auch einer ganzen Menge Schnee. Sogar in der Innenstadt, in der es in der Regel dann doch etwas wärmer ist als draußen „auf dem Land", blieb der Schnee auf den Straßen und Wegen liegen. Ich lümmelte mal wie so oft in meinem Fahrersitz am Ulmer Hauptbahnhof am Taxistand parkend und schaute den vielen Leuten zu, die geschäftig über den Bahnhofsplatz liefen. Alle hatten dicke Mützen, Handschuhe, Schals, dicke Winterschuhe und natürlich dicke Winterjacken an. Auch blies der Wind noch unangenehm über den Platz und wenn man so am Taxistand stehend den Motor abstellte, wurde es in kürzester Zeit unangenehm kalt im Auto. Als ich so am ersten Stellplatz wartend die Leute beobachtete fiel mir ein Mann auf, der im T-Shirt, Jeanshose und hohen Turnschuhen an der Fußgängerampel auf Grün wartete. **IM T-Shirt !!! Hat der noch alle Latten am Zaun?!?** Der holt sich ja noch den Tod! Spinnt der denn völlig?!? Ich saß da in meinem Auto, der Motor lief, die Heizung gab auch ihr Bestes, und der latschte im T-Shirt durch die Gegend wie an einem Sommertag! Entweder steht der unter Drogen, oder, keine Ahnung was sonst noch so möglich wäre. Sinnvolle Möglichkeiten fielen mir jedenfalls keine ein. Und was machte der junge Mann? Die Ampel sprang auf Grün und er kam zielstrebig auf meine Beifahrertüre zu, öffnet sie und nahm auf dem Beifahrersitz Platz. Er begrüßte mich, nannte mir eine Adresse und ich fuhr los. Einfach so. Ohne Wenn und Aber. Als ob nichts wäre. In mir brodelte es aber! Es brodelte immer stärker und meine Neugier darüber, was bei dem nicht stimmen konnte, stieg in unermessliche Höhen! Schon nach wenigen Minuten konnte ich nicht mehr an mich halten! Es musste einfach raus! „Entschuldigen sie bitte, darf ich sie etwas fragen? Ist ihnen nicht kalt?" „Nein, gar nicht, dort wo ich sonst lebe haben wir noch ganz andere Temperaturen!" Hä? Der spricht beinahe perfektes Deutsch, nur einen leichten Akzent konnte ich heraushören und dort wo er sonst lebt hat es noch ganz andere Temperaturen?!? „Ich sehe seit Tagen niemanden ohne Winterjacke draußen und sie kommen im T-Shirt? Ist das ein Winter T-Shirt?" „30-40 Grad minus ist bei uns im Winter normal. Nicht selten auch noch eine ganze Ecke darunter. Minus 50 erreichen wir auch hin und wieder. Ich bin solche Temperaturen gewohnt und die jetzigen minus 15 Grad sind für mich sehr angenehm." „Bitte was? Minus 40 Grad? Minus 15 sind angenehm? Darf ich sie fragen wo sie sonst leben?" Er nannte mir einen Ort, den ich mir nicht merken konnte. Ich konnte ihn nicht mal nachsprechen, als er ihn mir nannte. Und wie man ihn schreibt, weiß ich natürlich auch nicht. Aber er sei sehr sehr abgelegen im Norden von

Russland. Es würde nur eine einzige unwegsame Straße dorthin führen und ich solle mir keine Gedanken machen, wenn ich nicht wüsste, wo er sei, denn die meisten Russen würden den Ort auch nicht kennen. Ich drehte die Heizung noch etwas weiter hoch und war beruhigt das es heute **NUR** minus 15 Grad waren, …

30 - Einfach nur völlig daneben

Etwas früher am Abend wurde ich zum Alten Herzog bestellt für einen Herrn. Für die nicht Ulmer, das ist ein sehr alteingesessener Puff mit gelber Fassade in der Innenstadt direkt an einer der viel befahrenen Hauptstraßen. Dort zu halten oder sogar zu parken ist beinah unmöglich und ich bin immer ganz froh, wenn die dort abzuholenden Fahrgäste schon draußen an der Fahrbahn stehen. Nachteil ist dann aber, dass es passieren kann, bis ich dort ankomme hat ein „freundlicher" Kollege die Kundschaft schon eingeladen. Aber dieses Mal war es anders. Ich sollte rein kommen und mich an der Theke melden. Ok, kein Problem. Auf der Fahrbahn vor der Türe mit der eingeschalteten Warnblinke angehalten und an der Türe geklingelt. Meist ist die Türe geschlossen und man(n) muss klingeln. Bereits nach kurzer Wartezeit wurde mir von der Chefin geöffnet und ich lief mit ihr nach innen Richtung Theke. Von dem Tageslicht draußen auf die Schummerbeleuchtung innen hatte ich etwas Mühe, bis ich die anwesenden Personen oder etwas anderes erkennen konnte. Es ist innen alles in rustikalem, dunkelbraunem Holz gehalten. Auf der rechten Seite entlang steht eine lange Theke, die dann noch L-förmig um die Ecke geht. Am rechten Ende der Theke hängt ein Gelspielautomat an der Wand, an dem die einsamen Herzen ihr Glück mit dem Geld versuchen. Es sitzt immer einer davor! Immer! Über der Theke hängen Regale von der Decke herunter, in denen die Schnapsflaschen und Gläser darinstehen. Ebenfalls alles sehr rustikal und in diesem Dunkelbraun. Auf der Theke entlang stehen kleine Tischlampen mit kleinen roten Lampenschirmen und sehr schwachen Glühbirnen drin. Auf der linken Seite stehen leicht erhöht über eine Stufe erreichbar mehrere kleine Bistrotische mit jeweils zwei bis vier zierlichen, barocken Stühlen. Die Sitzflächen sind mit hellem Rattan bespannt (pflegeleicht?) und die Tische sind in kleinen Gruppen von niederen Holzwänden getrennt auf denen ebenfalls solche Lämpchen mit den roten Schirmchen stehen. Die gleichen kleinen Tischlampen wie auf der Theke und auf den Bistrotischen. Sie stehen auf kleinen weißen Sets mit Spitze. Die kleinen Sets auf den Tischen könnten auch aus einem Altersheim sein, so altmodisch und kitschig sehen sie aus. Bestimmt waren sie auch mal schneeweiß, jetzt sehen sie nur noch grau aus. Und das sogar in dieser Schummerbeleuchtung. Mit diesen kleinen roten Lampenschirmen glimmen die Funzeln so hell, als ob sie mit Teelichter bestückt wären! Höchstens! An der Decke hängt ein großer Kronleuchter herab mit unzähligen kleinen Glassteinchen. Allerdings leuchtet er nicht, sonst könnte man ja noch erkennen wer sich hier drin alles aufhält, vermutete ich. Auch die einzelnen, kleinen barocken Wandleuchten mit den ebenfalls roten Schirmchen wie auf den Tischen leuchteten nur so hell, dass man sie gerade noch im Dunkeln erkennt, ehe man dagegen läuft. Hell machten sie jedenfalls nicht. Sämtliche Fenster waren zusätzlich mit schweren Vorhängen in dunkelrotem Samt zugezogen. Die gesamte Einrichtung erinnerte mich an ein altes Theater aus der letzten Jahrhundertwende. Am Ende des schmalen Ganges ging eine Treppe nach oben zu den *Zimmern*. Dort werden die Jungs dann um ihr Erspartes gebracht, wenn es die Chefin nicht schon an der Theke fertigbrachte, denn die Preise für Getränke sind gesalzen. Völlig anders dagegen hält sich seit Jahren ein Gerücht, dass im Alten Herzog seit zig Jahren die besten Spaghetti zu bekommen seien für einen Spottpreis. Ich selber habe mir schon x-mal vorgenommen, dort welche zu probieren, habe es aber bis heute noch nicht geschafft. Vielleicht komme ich ja doch noch mal dazu, wer weiß. Irgendwann. Mal sehen.

Der Chefin folgend ging ich hinter ihr her zur Theke und sie wusste auch gleich, für wen ich bestellt war. Mein Fahrgast war ein Herr, mittelgroß mit grauen Haaren, einem sichtbaren Bierbauch und ich schätzte ihn auf etwa 60, vielleicht 65 Jahre alt. Einen reichen Eindruck machte er nicht, aber auch keinen armen. Neutral würde ich sagen. Und gesprächig war er, sehr gesprächig sogar. Er saß mit einer der Nutten an der Theke auf den Barhockern und unterhielt sich *angeregt* mit ihr. (passendes Wortspiel, gemerkt?) Sie war auch nicht mehr die Jüngste und hätte von ihrem Alter her sicherlich meine Mutter sein können. Sie und mein Fahrgast waren nicht viele Jahre auseinander. Jedenfalls hat die Chefin mich gleich auf den Herrn aufmerksam gemacht, dass für ihn das Taxi sei. Ich ging zu ihm und unterbrach das sicherlich tiefsinnige Gespräch: „Für sie das Taxi?" „Ja! Sehr gut", sagte er zu mir. „Wir fahren sofort los!" „Süße, bis gleich! Der Taxifahrer bringt mich gleich wieder zu dir! Und dann machen wir weiter!" Und einen innigen Kuss hat sie von ihm auch noch bekommen. Igitt.

Ok, dann weiß ich schon mal, dass die Fahrt wieder hier endet. Wo er zwischendrin überall hin will, wird er mir schon noch sagen. Wir gingen aus der Türe ins Freie und durch die tiefstehende Sonne begann das Spiel mit dem Licht noch mal von vorne. Nur dieses Mal musste ich die Augen zukneifen, weil es so blendete. Nächstes Mal nehme ich eine Sonnenbrille zur Hand. Aufsetzen beim rausgehen und absetzen beim rein gehen. Müsste klappen. Der Fahrgast hatte einen kleinen schwarzen Lederbeutel mit einer Schlaufe um das Handgelenk baumeln und wollte in die Bahnhofstraße nach Neu-Ulm rüber. „Kein Problem, und danach wieder hierher?" „Nein, Zuhause hole ich meine Bankkarte, dann holen wir noch mal ein paar Hunderter von der Bank und dann erst wieder hierher. Denn erstens muss ich die Alte noch bezahlen für das was sie schon geleistet hat und dann werde ich es ihr nochmal so richtig besorgen! Die steht auf sowas!" Oje, einer von den ganz tollen Hechten! Egal. Er nannte mir die Adresse und anschließend während der Fahrt erklärte er mir, was die Dame alles so anbietet und was er davon besonders mag. Gaaanz klasse, wirklich gaaanz klasse! Das wollte ich schon immer mal wissen, auf was denn die ü60er so alles stehen! Bei mir ging es jedenfalls zum einen Ohr rein und zum anderen wieder raus. Ein paar Stellen zwischendrin waren echt eklig, mehr möchte ich nicht dazu sagen, … Jedenfalls vor seinem Haus bekam ich die Anweisung, unter keinen Umständen weg zu fahren, denn er hole schließlich nur seine Bankkarte! Und dann ging das ganze Spektakel los, kann ich euch sagen! Ich parkte an der Straße und stand mit offenen Fenstern am Straßenrand. Ich sah dem Mann noch hinterher, wie er in einem großen Wohnblock mit außenliegendem Treppenhaus und Treppenflur in den zweiten Stock lief. Die Wohnungstüren gingen alle zur Straße und so konnte ich sogar sehen wie er in seine Wohnung ging. Die Türe ließ er offenstehen und er brüllte den Namen seiner Frau zwei Mal, ehe sie antwortete. Anschließend brüllte er gleich weiter, wo seine Bankkarte sei, denn er brauche Geld, und zwar sofort! Sie wiederum schrie zurück! Aber nicht wo seine Bankkarte war! Sie brüllte in ähnlicher Lautstärke wozu er diese überhaupt brauche und wo er überhaupt war! Tja, falsche Antwort würde ich sagen, denn jetzt lief er zur Höchstform auf! Die nächsten fünf Minuten kam sie jedenfalls nicht mehr zu Wort! Er hatte erst mal ein ordentlich gefülltes Sammelsurium an Schimpfwörtern parat für seine Frau, ehe er ihr klar machte, dass sie das erstens einen Scheiß angeht und zweitens er ihr es sowieso nicht sagt! Nachdem er das „geklärt" hatte, kam er mit schnellem Schritt wieder zu mir und wollte in die nächste Bank auf dem Weg zum Alten Herzog. Auch das ging alles ziemlich schnell. An der Bank kurz angehalten, er rannte schon fast zum Bankautomaten, mehrere Hunderter abgehoben, und gleich ging es wieder weiter zum dem Puff, aus dem ich ihn auch schon abholte. Als wir dort ankamen und vor der Türe wieder anhielten, nannte ich den Preis auf dem Taxameter. Er legte noch etwas Trinkgeld obendrauf, und schon verabschiedete er sich mit den

Worten: „So! Und jetzt werde ich die alte Nutte durchvögeln! Und zwar bis sie unten grün und blau ist!" Danach schloss er die Autotüren und hatte es ziemlich eilig zur Eingangstüre zur kommen. Tja, na dann: Viel Spaß.

Und jetzt bitte das Kopf-Kino wieder ausschalten, danke.

Zusammengefasst: Einfach nur völlig daneben, der Typ!

31 - Das liebe Trinkgeld

Wenn man etwas Neues anfängt und damit noch unerfahren ist, staunt man anfangs über alles Mögliche und wundert sich öfter über andere Menschen, ihre Ansichten, ihre Gewohnheiten und wie sie einfach nur ticken im Kopf. Wenn man als Dienstleister anfängt und dabei sehr nah mit anderen Menschen zu tun hat, entdeckt man des Öfteren den einen oder anderen Vogel in den Köpfen der Kunden. Ich vermute eine Friseurin könnte ebenfalls so viel erzählen wie ein Taxifahrer. Im Taxi gibt es bekanntlich nichts, was es nicht gibt, und dass mit dem Staunen und Wundern lässt mit der Zeit etwas nach, je mehr man das Ganze gewohnt ist. Jedoch, muss ich gestehen, so wie das Leben eben schreibt, wird es im Taxi doch hin und wieder etwas „unnormal" und das mit dem Wundern fängt dann wieder an. Ich fuhr am frühen Abend ein paar Jungs in eine Disco in die Innenstadt und wir unterhielten uns ganz gut über Gott und die Welt. Sie waren ganz locker drauf und wir hatten einiges zu lachen während der Fahrt. Ich wurde von meinem Beifahrer gefragt, ob ich rauche und ich bejahte es. Ich vermutete er fragt mich gleich noch nach meiner Zigarettenmarke, aber es kamen keine weiteren Fragen. Als wir unser Ziel in der Ulmer Innenstadt erreichten und ich den Preis nannte, erhöhte mein Beifahrer großzügig und ich freute mich schon über das Trinkgeld, das ich von ihm bekam. Nachdem die Bezahlung abgeschlossen war und wir beide unsere Geldbeutel wieder weggeräumt hatten, krempelte er an seiner Jeanshose das Hosenbein hoch und seine auffällig langen Socken nach unten. Zum Vorschein kam ein Päckchen. Ein kleines Päckchen aus Alufolie. „Du bist ziemlich cool. Ich habe noch was für dich", und er gab mir das Päckchen Alufolie. Danach hatte er es eilig, seinen Kumpels die bereits schon losgelaufen waren, zu folgen und er verließ mein Taxi ziemlich schnell. Da saß ich nun mit dem Klumpen Alufolie in der Hand und wusste nicht was er meinte. Ich hatte von dem ganzen Kram ja noch keine Ahnung! Ich faltete es auseinander und im Inneren fand ich eine braune, lehmartige Masse, die ich mir nicht erklären konnte. Erst als mir der Geruch in die Nase stieg und ich diesen Geruch erkannte, wusste ich, dass ich Drogen bekommen hatte! Haschisch! Im Taxi! Als Trinkgeld! Das glaubt mir kein Mensch, fuhr es mir durch den Kopf! Bei meinem Glück werde ich an der nächsten Ampel von der Polizei kontrolliert und dann gehen die blöden Fragen los! Wenn ich dann versuche zu erklären, dass ich von dem ganzen Zeug keine Ahnung habe, lachen die wahrscheinlich schon bevor ich mit dem Satz zu Ende bin! Dazu kam noch, dass ich hier nicht nur zwei, drei Gramm in der Hand hielt! Das war eine ganze Menge! Ich weiß nicht ob ich es richtig einschätze, aber es war bestimmt um die 20 Gramm die ich hier in der Hand hielt! Was war der Klumpen also Wert?!? Ganz früher sagte einer mal, je Gramm zehn Euro. Dann hätte ich ja 200 Euro in der Hand gehabt! „Was mache ich bloß damit?!?" ging es mir ständig durch den Kopf. Ich fuhr zum Ulmer Hauptbahnhof und schenkte es einem Kollegen der meinte nur, er kümmere sich darum. Auch recht, ich fragte nicht weiter nach und wollte es auch nicht wissen. Ich war es los und damit war es auch gut.

Erst neulich wieder hatte ich einen älteren Freak, der während der Fahrt auch noch einen kurzen Abstecher bei der Bank machen musste. Als er ausstieg, um zum Bankautomaten zu gehen, gab er mir vorher noch ein Kaugummipapierchen mit den Worten: „Halt mal." Ich faltete das silbern schimmernde Kaugummipapierchen auseinander und hatte plötzlich weißes Pulver im Schoß, auf meinem Sitz, jedenfalls nicht mehr da drinnen. Das Zeug flog im Taxi rum und ich stieg aus, um mir meine Klamotten auszuklopfen und meinen Fahrersitz wieder zu säubern. Als er wieder aus der Bank kam, war von dem weißen Pulver praktisch nichts mehr übrig und er verdächtigte mich, alles auf einmal mir in die Nase gezogen zu haben! Na klar! Ausgerechnet ich! Das Blöde war, dass er ganz schön beleidigt war, dass ich ihm von dem Koks nichts übriggelassen habe, denn das wäre seine Ration „für die Fahrt gewesen", …

Tja, wieder eine Situation in der man mit „sich wundern" fast nicht fertig wird.

Einfach nur mit dem Kopf schütteln.

32 - Ich bin der gleichen Meinung wie du!

Diese Geschichte hier ist eigentlich eher ein Tipp für meine Taxikollegen als für den nicht taxifahrenden Leser.

In den Anfängen meiner Fahrerei im Taxi hatte ich ein paar Situationen im Auto, bei der mein Fahrgast sich ausschließlich über Politik und/oder Religion mit mir unterhalten wollte. Mir war damals noch nicht bewusst, was für ein Streitpotenzial solche Themen haben, denn dann wäre ich erst gar nicht auf diese Gespräche eingestiegen. Heute ist mir das klar und ich unterhalte mich mit Fremden über alles Mögliche, aber nicht mehr über Politik oder Religion, das geht nämlich NIE gut aus! Auf solche Themen gehe ich erst gar nicht mehr ein und lenke das Gespräch entweder gleich anfangs in eine andere Richtung oder ich mache einfach gar nicht mit. Das war der erste Fehler, den ich machte, dass ich überhaupt erst in das Gespräch mit einstieg und gleich den zweiten, das ich meine Meinung vertreten wollte gegenüber dem Fahrgast! Böser Fehler! Auch im privaten Bereich verzichte ich gerne auf diese beiden besonderen Reiz-Themen. Jedenfalls stieg ich in das Gespräch mit ein und bereute es natürlich prompt. Er hatte eine andere Meinung zu Religion wie ich und wir beide meinten unsere Einstellung dazu jeweils dem anderen klar machen zu müssen. In diesem Fall wollte er mir klarmachen, wie lebensnotwendig „seine" Glaubensgemeinde sei und ich unbedingt beitreten müsste. Wie sie hieß weiß ich nicht mehr. Ich verglich sie mit den Zeugen Jehovas und der Scientology. Aber das sei etwas GANZ anderes und nicht vergleichbar, hat er mich dann auch gleich belehrt! Mache ich auch nicht mehr, glaubt mir. Was für ein Blödsinn! Heute weiß ich, dass das nicht möglich ist, jemanden von der einen Meinung auf die andere zu bringen, vor allem nicht während einer Taxifahrt, die in aller Regel eh nicht länger als 10-15 Minuten geht! Nach dieser Fahrt hatte er mich (natürlich) nicht bekehrt und ich ihn (natürlich) nicht überzeugen können, dass ich nichts davon halte. Es hat nicht viel gefehlt und ich hätte mit diesem fremden Mann noch einen Streit gehabt! Und das alles wegen 10 Minuten Fahrt und etwa 15 Euro Umsatz! Er war sauer, ich war sauer, und an Trinkgeld brauchte ich erst gar nicht mehr zu denken. Mir wurde ziemlich schnell klar, dass das so nicht gehen kann und ich vermeide seitdem diese Themen. Nicht nur, dass ich bei allen zukünftigen Fahrten solche Themen meide, auch habe ich zukünftig die gleiche Meinung wie mein Fahrgast! Immer! Besonders in den frühen Morgenstunden, wenn ich zum Beispiel angetrunkene Heimkehrer nach Hause bringe, die am Abend den einen oder anderen Korb von ihren Angebeteten erhalten haben, sind die wenigsten von ihnen gut auf Frauen zu sprechen. Oder wenn ein Mann von seiner Frau betrogen oder verlassen wurde, glaubt ihr der schimpft nur über seine Ex? Nein, der schimpft über alle Frauen dieser Welt! Und ich zukünftig mit! Ich habe in Zukunft eben genau diese Meinung wie der Fahrgast auf meinem Beifahrersitz! Wenn er der Meinung ist, alle Frauen sind Schlampen, na gut, dann sind eben für die nächsten zehn Minuten alle Frauen Schlampen! Ändern kann ich seine Meinung eh nicht! Nicht in dieser kurzen Zeit und schon zweimal nicht wenn Alkohol im Spiel ist. Zumindest nicht gleich am Anfang der Fahrt. Und was ich wirklich darüber denke, brauche ich ihm nicht auf die Nase zu binden. Geht ihn nichts an, braucht er auch nicht zu wissen und helfen tut es ihm in diesem Moment auch nicht. Also versuche ich das erst gar nicht mehr. Andere sitzen bei mir im Auto und regen sich über die Auslandspolitik oder Asylpolitik von Deutschland auf, die Verkehrspolitik in ihrem Ort, der Vollidio... der ihm Mittags noch die Vorfahrt genommen hatte, die Kinderbetreuung in der Stadt, das Ladenschlussgesetz allgemein, der Fußballverein der in dieser Saison nichts zustande brachte, die Automarke die ihre Kunden über den Tisch zieht, die Sperrstunde in den Kneipen oder was auch immer. Da gibt es noch einiges über das man(n) sich aufregen kann, glaubt mir! Sport! Paradebeispiel! Egal ob Motorsport, Mannschaftssport oder sonstiger! Das hat Potenzial für Diskussionen, glaubt mir! Und da gibt es noch einige Bespiele.

Denkt ihr, es würde einem betrunkenen Fahrgast helfen, wenn ich versuchen würde ihn umzustimmen oder etwas zu erläutern? Nö, natürlich nicht. Was auch immer gerade seine Meinung ist. Beruhigen kann ich ihn, ja, das geht. Denn er fühlt sich gut, wenn er in seiner Meinung bestätigt wird. Man muss ja nicht gleich mit Pauken und Trompeten mit einstimmen, das nicht, aber ein paar Gegenfragen, wie er denn das jetzt genau meinte, und somit Interesse zeigen an seinem „Anliegen", und schon hat man ihn auf seiner Seite. Dann etwas so Oberflächliches wie eine Zustimmung, zum Beispiel so in dieser Art: „So wie sie das beschreiben, so habe ich das noch gar nie gesehen." Und dann hat man ihn spätestens so weit, dass er dir in ausführlichster Erklärung die ganze Situation und natürlich seine Meinung darüber schildert. Am Ende der Fahrt ist er zufriedener als vorher, denn er hat sein „Anliegen" mir vortragen können, indem er bei mir ein offenes Ohr gefunden hat. Meist werde ich dann am Ende der Fahrt für etwas anderes gelobt, dass mit dem ganzen Gespräch eigentlich gar nichts zu tun hatte. Wie zum Beispiel für meinen tollen Fahrstil. Dabei bin ich mir sicher, dass er vor lauter Aufregung während dem Erzählen überhaupt nicht darauf geachtet hatte wie ich gefahren bin. Aber er ist zufrieden, das merkt er und spürt er, also muss es der Fahrstil gewesen sein, den er jetzt als angenehm empfindet. Und dabei hat er nur mal jemanden gebraucht bei dem er sich auskotzen konnte. Das war es schon. Ihr merkt sicherlich schon, es hat eigentlich gar nichts damit zu tun, über was man sich unterhält, oder etwa was genau seine Meinung darüber ist, es geht eigentlich nur darum, den Kunden zufrieden(er) an seine Zieladresse zu bringen. Um das geht es. Und das zeigt mir auch, dass der „Taxifahrer" als solcher, mit ein paar Jahren Erfahrung eigentlich auch ein ganz guter Seelenklempner sein kann. Zumindest in ein paar ausgesuchten Bereichen denke ich funktioniert das ganz gut. Und ich denke, den Dreh habe ich inzwischen ganz gut raus. Lass deinem Gegenüber, oder besser gesagt deinen Nebensitzer, erst mal seinen Dampf abbauen, ihn richtig abkotzen lassen, und wenn er damit fertig ist, kleine Fragen stellen zum Thema. Nichts Wildes, Kleinigkeiten, nur Kleinigkeiten noch mal nachfragen. Ihn einfach nur merken lassen, dass er nicht ins Leere redet, sondern ihr tatsächlich Interesse an seinen „Sorgen" habt. Und anschließend in dem einen oder anderen Punkt zustimmen und dass man das so aus seiner Sicht noch nie betrachtet hätte. Und glaubt mir, schon habt ihr einen neuen Freund. Zumindest für die nächsten zehn Minuten, denn viele von diesen Helden wissen am Tag darauf nicht mal, über was sie sich mit dir unterhalten haben. Ob ich nach dieser Tour wirklich die gleiche Meinung habe wie er, oder aber, wenn er aussteigt, ich schon die Hälfte wieder vergessen habe, ist gar nicht so wichtig. Darauf kommt es auch überhaupt nicht an. Der Kunde steigt bei mir zufrieden aus, und das ist mir nicht nur wichtig, sondern erfordert viel Fingerspitzengefühl und Erfahrung im Umgang mit Personen. Ich weiß, das ist nicht immer ganz einfach, und einen pauschalen Lösungsweg für aufgebrachte Menschen gibt es nicht wirklich. Erst recht nicht wenn Alkohol im Spiel ist. Dazu sind wir Menschen einfach zu verschieden gestrickt. Aber im Großen und Ganzen kann in etwa so der Kunde wieder auf die richtige Spur gebracht werden. Und vor allem, IHR habt einen guten Job gemacht, einen zufriedenen Kunden, sicher auch Trinkgeld, und wenn er eure Nummer bekommt, vielleicht sogar einen Stammkunden der dann auch mal nüchtern und ohne Wut im Bauch bei euch anruft und mit euch mitfährt. In diesem Sinne, viel Erfolg beim Bändigen der Promille-Silo´s.   ;-)

33 - „Hat dir schon mal einer in dein Taxi gekotzt?"

Komischer Weise bekomme ich die Frage öfter gestellt. Irgendwie hat die allgemeine Bevölkerung die Meinung, dass in der Nacht in einem Taxi nur noch die schwer betrunkenen Fahrgäste zu finden seien. Aber das stimmt nicht, im Gegenteil. Besonders kommen die Fragen und die Annahmen eher von den nüchternen und „normalen" Fahrgästen und wenn ich dann sage, dass die meisten Fahrgäste eben genauso normal sind wie sie eben selber normal sind und ja schließlich auch gerade in meinem Taxi sitzen, können es viele nur schwer glauben. Aber es ist tatsächlich so. Natürlich sitzt in den frühen Morgenstunden mal der eine oder die andere im Taxi, die ordentlich einen im Tee haben, klar, dazu sind die Taxen ja schließlich auch da, keine Frage. Aber das ist eher die Ausnahme als die Regel. Dazu kommt noch, dass ich einen sturzbetrunkenen Fahrgast auch ablehnen darf. Einen solchen Fall hatte ich mal an dem Ulmer Taxistand „West", das ist der, der sich direkt an der großen Bus- und Straßenbahnhaltestelle am Ehinger Tor befindet. Es kamen zwei Typen auf mein Taxi zu. Einen dritten Kumpel schleiften sie in ihrer Mitte mit sich mit. Der Mittlere hatte seine Arme um die Schultern seiner beiden Kumpels, sein Kopf hing nach vorne herunter und seine Füße schleiften die beiden einfach nur mit. Denn laufen konnte der nicht mehr. Die beiden meinten, ich solle ihren Kumpel für einen 10er nach Söflingen fahren und konnten nicht verstehen wie ich eine Fahrt über solch einen „hohen" Betrag einfach ablehnen konnte. „Was glaubt ihr beiden denn, was ich mit eurem Kumpel mache, wenn ich vor seiner Haustüre stehe? In sein Bett tragen? Schuhe, Jacke und so weiter ausziehen und ihn in sein Bett bringen? Nein nein Jungs, für den ist wohl ein Krankenwagen sinnvoller als ein Taxi, denn der ist nicht nur betrunken sondern eine Alkoholleiche!" Plötzlich wurde die Leiche wieder lebendig! Und das sogar erstaunlich gut! Ich habe keine Ahnung wie das genau ging, aber plötzlich kam sein Kopf wieder hoch, er sortierte seine Beine und konnte wieder reden, stehen und sagen wohin er wollte. Sogar das Überprüfen seiner Rest-Finanzen hatte er schnell geklärt. Anscheinend hat ihm der kurze Schlaf in der Mitte seiner Kumpels ganz gutgetan, wer weiß. Na gut, bin ja kein Unmensch, solange er „lebt" wollen wir mal nicht so sein. Ich habe ihm die Kohle im Voraus abgenommen, denn das Ende der Fahrt hatte Potenzial für Überraschungen. Zum Beispiel, wenn der Fahrgast aufwacht: „Wo bin ich? Warum hast du mich Heim gefahren? Ich wollte nicht Heim und kein Taxi, also bezahle ich nicht!", usw. Man muss mit allem rechnen, wenn jemand eingeschlafen ist während der Fahrt. Ich habe also den jungen Mann nach Hause gefahren. Obwohl der Kollege, der hinter mir stand noch sagte der würde bestimmt in das Taxi kotzen. Und um endlich die Frage in der Überschrift zu beantworten. Nein, mir hat noch keiner in das Taxi gekotzt. Vielleicht weil ich den Rat einer alten Taxifahrerin seit vielen Jahren beherzige. Der war Folgender: Sie sagte zu mir: „Marco, stell dir vor, du hast an deinem Innenspiegel etwas baumeln, ein Stofftierchen, eine Kette, einen Anhänger, egal, irgendetwas. Einfach nur vorstellen. Und jetzt versuche dein Taxi so zu bewegen, dass dieses Gebaumel sich beim Fahren nicht bewegt, sondern gerade nach unten hängen bleibt. Also nur so stark beschleunigen und abbremsen, dass es sich weder nach vorne und hinten bewegt, und so sachte durch Kurven fahren, dass es auch nicht nach links oder rechts schwenkt. Dann bleibt dein Taxi sauber und du frei vom Ärger." Tja, und sie hatte recht. Ich brauche dann zwar ein paar Minuten länger für die Fahrt, aber die paar Minuten sind gut investiert. Selbst die, die schon richtig getankt hatten, mussten sich nichts noch mal durch den Kopf gehen lassen als sie bei mir im Auto waren. Aber wenn sie dann am Ziel schwungvoll aussteigen und mal ordentlich frischen Sauerstoff wieder durchschnaufen, geht der erste Weg oft erst mal in die Hecken oder so, ...

34 - Einmal voll machen bitte

Die junge Frau kam an unserem Hauptstandplatz am Ulmer Hauptbahnhof auf mich zu und fragte mich, ob ich ihr helfen könnte. Sie hätte viel Gepäck zum Transportieren und müsse vom Ulmer Busbahnhof abgeholt werden. Na klar würde ich das machen, warum auch nicht?!? Also los. Einmal hin, etwas einladen und nach Neu-Ulm fahren. Ist ja schließlich nicht so schwer. Aber was mich erwartete, ahnte ich noch nicht. Habe ich schon erwähnt, dass ich einen Mercedes E-Klasse Kombi als Taxi habe? Nein? Dann wisst ihr es jetzt. Jedenfalls nicht gerade das kleinste Taxi, das man so fahren kann. Sie also zu mir eingestiegen ins Taxi und los gefahren zum Busbahnhof. Als ich dort allerdings neben dem Berg mit Gegenständen anhielt, traute ich meinen Augen nicht! Es war ein Berg von Utensilien! Schreibmaschinen, riesige Taschen mit Klamotten, viele Koffer, einige Rucksäcke, mehrere Nähmaschinen, unzählige Tüten, und so weiter! Die Spannung stieg nun doch ein wenig. Ich legte gleich mal die Rücksitzbank um, denn der eigentlich große Kofferraum reichte bei Weitem nicht. Und dann ging es los, das Beladen von zwei Kubikmeter an Krimskrams! Nach einigem Hin und Her überlegen und ausprobieren wie dies alles am ehesten in mein Taxi passte, waren wir tatsächlich nach einigen Minuten abfahrbereit. Es hat tatsächlich alles in mein Taxi gepasst, aber wirklich gerade so! Meinen Fahrersitz und den Beifahrersitz musste ich etwas nach vorne ziehen und direkt an den Rückenlehnen der Vordersitze habe ich angefangen zu stapeln. Bis zur Decke! Es waren unglaubliche zwei Kubikmeter! Und diese ausgenützt bis in den hintersten Winkel! Eine letzte Tüte hatte die Frau noch auf den Schoß, und eine weitere Tasche zwischen ihre Beine gestellt, da hinten einfach nichts mehr reinging. Mein Kombi ging ganz schön in die Knie, als ich letztendlich den Deckel schloss. Niemals zuvor habe ich eine Niveau-Regulierung so zu schätzen gelernt. Im Gegenteil. Kann mich nicht entsinnen ihr überhaupt mal meine Aufmerksam geschenkt zu haben. Aber, sie hob mir die ganze Kiste einfach wieder hoch. Tolle Sache. Abgesehen davon, dass man in dem Auto nur noch Gepäck sah natürlich, ... Während dem Ein- und Ausräumen ließ ich den Taxameter tapfer weiterlaufen. So kamen wenigstens noch einige Entschädigungsgroschen zusammen für die Packerei. Alles in allem nicht gerade die schlechteste Fahrt was den Preis angeht. Aber ständig möchte ich solche Touren nicht machen, kam mir schon fast vor wie ein Möbeltransporter. Wie kann man mit so einem Berg an Zeug alleine auf Reise gehen? Mir unverständlich.

35 - Kuck mal in der Hecke.

Ein Stammgast von mir wohnt etwas außerhalb von Ulm in einem kleinen Ortsteil, noch hinter Weißenhorn. Wir sind sicherlich schon über 10-mal miteinander gefahren. Ein junger, großer, freundlicher Mann, mit einem blonden Lockenkopf und mit Anstand und Manieren. Ich fahre ihn gerne. In der letzten Vorweihnachtszeit riefen mich bereits am frühen Abend jedoch seine Kumpels an, mit denen er an diesem Abend unterwegs war. Und da sie mit seinem Handy bei mir anriefen, wusste ich sofort um wen es sich drehte. Seine Nummer hatte ich schon länger gespeichert. Der Wortlaut war in etwa so: „Ich rufe dich von seinem Handy aus an, weil er nicht mehr richtig sprechen kann. Aber er will nur mit dir Heim fahren. Kannst du ihn holen und Heim bringen? Er weigert sich in ein anderes Taxi zu steigen!" „Ich komm, 5 Minuten, bin gleich da." Er hatte sichtlich Mühe, gerade zu stehen und sein Alkoholpegel war ordentlich. So stark betrunken hatte ich ihn bis jetzt noch nicht gesehen. Er legte mir das Geld für die Fahrt bereits beim Einsteigen hin und bat mich, ihn einfach nur nach Hause zu bringen. Er war völlig paniert und musste ins Bett, das war nicht zu übersehen. Wir fuhren kaum los, schon schlief er auf dem Beifahrersitz ein. Die Fahrt über schlief er tief und fest und ich versuchte so vorsichtig es nur ging, mein Taxi zu lenken. Schön sachte in die Kurven, nicht dass er mir noch umfällt. Auch sonst sehr sachte, nicht durch die tiefen Kanaldeckel oder so zu fahren. Wir kamen nach rund 30 Minuten Fahrzeit in seinem Ort an und ich lenkte mein Taxi so vorsichtig es ging in seinen Hof hinein. Der Kies im Hof knirschte unter meinen Reifen. Ein ganz hübsch angelegter Bauernhof in roten Klinkern und vielen Rosenbeeten, mit kleinen Nebengebäuden, nett angelegten Blumenrabatten, gepflegte Büsche, Hecken und Bäume, und auch kleine, nett angelegte Sitzgelegenheiten. Sichtlich mühte sich hier jemand das ganze Anwesen hübsch zu halten. Alles sehr sehr ordentlich. Als ich anhielt, musste ich ihn erst etwas mühsam aus seinem tiefen Schlaf holen, ehe er kapierte, dass er schon bei sich zu Hause angekommen war. „Wir sind schon da? Danke." Mehr kam ihm jedoch nicht mehr über die Lippen, denn jetzt hatte er es plötzlich eilig zu gehen. „Jetzt aber schnell ins Bett", dachte ich mir noch. Nachdem er seine Beifahrertüre geschlossen hatte, fuhr ich wieder rückwärts aus seinem Hof. Bevor ich mich nun wieder auf der Straße vorwärts vom Acker machte, schaute ich noch einmal kurz in den Hof und sah, wie er sich über eine Hecke bückte. Aha, der muss sich den einen oder anderen Schnaps nochmal durch den Kopf gehen lassen. Darum die plötzliche Eile. Na dann, da wünsche ich mal noch eine gute Nacht. Hoffentlich dreht sich sein Bett nicht **zu** schnell im Kreis, …

Am nächsten Nachmittag bekam ich von ihm eine Nachricht auf mein Handy, in der er sich nochmals für die Heimfahrt und „Betreuung" bedankte und ob in meinem Taxi seine Brille liegen geblieben wäre. Seine Kumpels wüssten nicht einmal mehr, ob er überhaupt eine dabeihatte und er könne sie im ganzen Haus nicht finden. Ob ich ihm etwas dazu sagen könnte oder wüsste wo die Brille sei. Ich sagte ihm, dass er seine Brille beim Aussteigen aus dem Taxi noch aufhatte und er solle mal in dem Busch nachsehen, in den er sich so mühsam bückte als er sich übergeben musste. Der Busch gegenüber von seiner Haustüre, gab ich als Hinweis noch dazu. Tja, was soll ich sagen, voila, da war sie und er bedankte sich nochmals und ich sei der Beste! Denn ohne mich müsste er sich nun eine neue Brille kaufen, da er nie und nimmer auf die Idee gekommen wäre, in diesem Busch zu suchen. Klar, er wusste ja auch nicht mehr, dass er nach dem Sauerstoffschock beim Aussteigen erst mal die Hecke aufsuchte.

    Seit dem Tag ist es immer wieder Gesprächsthema, wenn wir uns sehen, wenn auch nur kurz. Er erzählt dann seinen Kumpels im Taxi, dass ich der Fahrer sei, der nicht nur die Leute sicher Heim bringt, sondern auch noch beim Wiederfinden der verlorenen Habseligkeiten in den Hecken helfen kann, …

36 – Kunde: „In den Michel-Erhart-Weg, bitte." Ich: „Gibt´s net."

„Ähm, doch, den gibt es. In Ulm-Söflingen, ich wohne dort."

So hat das Gespräch mit einem Fahrgast begonnen, der mir am Ulmer Hauptbahnhof zugestiegen war. Es kam mir so vor, als ob ich den Namen noch niemals zuvor gehört hatte. Aber es gab ihn natürlich. Aber wie komme ich auch dazu, dem Kunden einfach aus der Hüfte heraus zu sagen, dass es seine Straße nicht (mehr) gibt?

Es kommt schon immer wieder mal vor, dass ein Straßenname nicht *„mehr so ganz hundertprozentig"* im Gedächtnis ist. Aber den richtigen Stadtteil habe ich eigentlich schon immer im Kopf und weiß zumindest in welche Himmelsrichtung ich losfahren muss. Ob es nun die Zweite oder Dritte rechts reingeht, geschenkt. In seltenen Fällen kommt mir noch der Name bekannt vor, kann ihn aber keinem Stadtteil zuordnen. Blöd, logo, kann aber natürlich auch mal passieren. Schließlich sind wir auch nur Menschen. Nur dieser Michel-Erhart-Weg, der war gänzlich gelöscht in meinem Hirn. Ich hatte nicht mal den Eindruck, ihn jemals gehört zu haben. Das war mir bis zu diesem Zeitpunkt noch nicht passiert.

Der Kunde nahm es mit Humor, fing an zu lachen und schon waren wir im Gespräch - die Ganze Fahrt über. Mir war das ganze ziemlich peinlich, das kann ich euch versichern! Ich war mir so siegessicher. Natürlich musste ich mich erst mal entschuldigen für meine Antwort und habe ihm daraufhin erklärt warum ich mir so sicher war, dass es die Straße nicht gibt, zumindest in meinem Kopf, ... Es fing so an:

Damals, als ich für die Ortskenntnisprüfung den Ulmer Stadtplan auswendig lernte, hatte ich eine riesen Angst vor dieser Prüfung, sie nicht auf das erste Mal bestehen zu können. Es war für mich unvorstellbar 630 (heute sind es über 800) Straßen, Wege, Plätze und was weiß ich was noch alles in den Kopf zu bekommen. Ich lernte wie ein Wahnsinniger bis ich tatsächlich alle (!) wusste. Während des Lernens des Stadtplans kam mir noch eine etwas verrückte Idee. Beim Lernen eines gekauften Stadtplans, sah ich auch immer gleich den richtigen Namen der jeweiligen Straße geschrieben. Nicht gerade hilfreich wenn man etwas auswendig lernen möchte. Aber einen Stadtplan, bei dem die Straßen nicht benannt sind, der also überhaupt nicht ausgefüllt ist, den gibt es einfach nicht. Also wollte ich mir einen selber zeichnen und mit diesem dann üben. Das Verrückte dabei war, dass ich diesen bereits tatsächlich komplett zeichnen konnte! Aus dem Kopf! Jeder, der das damals mitbekommen hatte, konnte nur mit dem Kopf schütteln! Manche haben sich an die Stirn getippt! Einen Vogel hätte ich doch! Stadtplan zeichnen, pfff, so ein Quatsch, bekam ich zu hören! War mir egal, Hauptsache ich bestehe diese Prüfung! Und zwar auf das erste Mal!

Nun war ich mir also sicher, ich konnte mich für diese Prüfung anmelden! Schließlich wusste ich nicht nur wo sich sämtliche Straßen befinden, nein! Ich konnte den kompletten Stadtplan auswendig zeichnen! Das sollte mir erst mal einer nachmachen!

Zur Sicherheit bin ich sogar noch in JEDE Straße einmal mit dem Auto gefahren, damit ich wenigstens einmal in jeder Straße auch wirklich gewesen bin. Eigentlich total übertrieben, aber ich wollte sichergehen, nicht diese Peinlichkeit aushalten zu müssen, durch diese Prüfung als geborener Ulmer durchzufallen. Dabei stellte ich auch fest, dass einige Straßen in dem Stadtplan schon eingezeichnet und beschriftet waren, aber diese neuen Wohngebiete noch gar nicht existierten. Tja, bei der Prüfung wurde ich dann tatsächlich nach einer dieser Straßen gefragt, die es eben noch gar nicht gab. Ich erklärte dann: „Da wird man dann mal so und so fahren, ..." Der Prüfer wurde natürlich stutzig und wollte von mir wissen warum „*wird man mal?*" Ich erklärte ihm, dass dieses neue Wohngebiet noch nicht existiert und dort im Moment nur Äcker und Felder sind ... Er schaute mich ungläubig an und meinte, diese Straße sei doch schließlich in seinem Plan eingezeichnet. „Ja ja, in meinem ist sie auch eingezeichnet, aber in echt ist sie noch nicht vorhanden", entgegnete ich. Die restlichen Fragen von ihm konnte ich ebenfalls alle ohne Ausnahme beantworten und er verabschiedete mich, indem er sagte: „***SO*** hat hier noch keiner die Prüfung abgelegt." Was er damit meinte, verstand ich anfangs nicht, erst als ich meine neuen Kollegen an den Taxiständen kennenlernte und ständig der eine oder andere mich nach Straßen fragte die sie nicht wussten, ... Sogar in der Innenstadt! Erst da habe ich verstanden was er eigentlich meinte. Jedenfalls wusste ich, dass ich **ALLES** wusste! Egal was der Fahrgast für ein Ziel in Ulm hatte, ich wusste wo es ist! Dachte ich jedenfalls. Eben bis zum „Michel-Erhart-Tag", seitdem weiß ich, dass ich doch nicht (mehr) alles weiß. Straßen, in die man nie kommt, vergisst man mit der Zeit. Dafür kommen Straßen dazu, die man nicht wissen müsste, aber einfach mit der Zeit durch die Praxis eben dazu lernt. Ich behaupte sogar, dass für jede Straße, die ein Taxifahrer vergisst, mindestens zwei neue dazukommen.

Jedenfalls war mir das eine Lektion und ich werde mich hüten, nochmal zu sagen:

„Gibt´s net."

37 – Fahrrad-Kette

Es begann, wie immer eigentlich, völlig normal. Nach einer Wartezeit am Hauptbahnhof klingelte mein Funkgerät und eine Adresse erschien auf meinem Display mit Namen. Nur wenige Minuten waren zu fahren und schon stand ich vor der Haustüre eines kleinen Hochhauses mit kleinen Geschäften und einem Friseur im Erdgeschoss. Eine Adresse in der Ulmer Innenstadt, Ensingerstraße 11, einen passenden Namen dazu an den Klingeln hatte ich auch schnell gefunden und schon nach wenigen Minuten Wartezeit, nach dem Klingeln an der Türe, kam eine junge Frau mit dem Fahrziel auf den Ulmer Eselsberg. So weit so gut. Es war eine sehr kalte, aber auch eine sehr klare und trockene Nacht, ohne Wolken und ein beeindruckender freier Blick auf den Sternenhimmel. Richtig schön und auch sehr angenehm. Mein Fenster an meiner Türe, hatte ich wie die meiste Zeit, einen Spalt offen. Zum einen beschlagen die Scheiben im Auto dadurch deutlich weniger, wenn mehrmals hintereinander eine ganze Horde von verschwitzten Partygängern ein- und aussteigt, ganz besonders, wenn diese dann noch am besten gleich angeregt anfangen zu singen und zu tratschen, und zum anderen höre ich ein „Taxi" oder einen Pfiff deutlich schneller und besser bei den Streifzügen durch die Gassen der Stadt, bei der Suche nach potenzieller Kundschaft. Zu guter Letzt mag ich lieber frische Luft von draußen als die gefilterte, gekühlte und wieder erwärmte Luft aus dem Heizungskasten im Auto.

Eigentlich wäre ein Cabrio das Richtige für mich, hm, sollte ich mal darüber nachdenken, ... Jedenfalls stieg die Dame gleich ein und ich fand auch gleich eine Möglichkeit zu wenden, denn das Ziel lag in der anderen Fahrtrichtung. Um euch ein Bild von dieser Straße machen zu können, es ist nicht gerade ein Nobelviertel. Der Fahrbahnbelag ist eine einzige Flickerei, die Häuserblocks könnten alle geradewegs wegen Graffiti einen neuen Anstrich gebrauchen, es stehen links und rechts an der Straße entlang typische Laternenparker auf den Parkplätzen und gegenüber von dem Haus ist ein kleiner Park angelegt. In dem ganz hübsch angelegten Park namens Karlsplatz befindet sich ein schön angelegter Spielplatz für Kinder und kleine Gruppen. Oft spielen Senioren, meist südländischer Herkunft, tagsüber mit riesigen Schachfiguren auf den eingerichteten Spielflächen. Aber auch zahlreiche Obdachlose mit ihren obligatorischen Bierflaschen in der Hand lieben diese kleine grüne Oase mitten in den Häuserblocks und so vermengen sich die Gesellschaften zu einer recht seltsamen Mischung. Jedenfalls ist zu den Ein- und Ausgängen dieses Karlsplatzes neben einem Fußweg auch ein separater Radweg ausgewiesen. Der im Vergleich zu den Straßen in einem top Zustand ist, mal so nebenbei. Dieser Radweg läuft in diesem Viertel mal auf der Straße, mal auf einem Weg, mal über die Fahrbahnen und auch durch eben diesen Park. Damit das reibungslos abläuft, hat der Radweg einen roten Fahrbahnbelag und ist an einigen Stellen noch zusätzlich von der Fahrbahn angehoben, um den Autofahrern deutlich zu machen, wer hier Vorrang hat. Damit da nichts dazwischen kommt, und die Autofahrer nicht die restlichen Flächen auch noch mit ihren Autos zu parken, sind stellenweise an der Straße entlang Pfosten aufgestellt worden. Einige sind mit einer etwas durchhängenden Kette miteinander verbunden, andere aber nicht, dass man eben mit seinem Rad auch durchfahren beziehungsweise durchlaufen kann. Somit ist klar, wo die Autos und die Radfahrer zu fahren und die Fußgänger zu laufen haben.

Ich hatte gerade gewendet und war am Beschleunigen, als plötzlich unvorhersehbar aus dem Dunkeln ein Radfahrer zwischen den geparkten Autos von der Seite herausschoss! Ich musste heftig bremsen! Der Fahrer stellte sich auf seine Pedale, um noch etwas kräftiger in sie treten zu können und fuhr ziemlich knapp vor meinem Taxi über die Fahrbahn in den Park hinein! Der hatte es wohl besonders eilig in den Park zu kommen! Na ja, fast, denn er kam nicht „ganz" in den Park hinein. Kaum hatte er die Fahrbahn überquert, verschwand er aufrechtstehend auf seinem Rad hinter einem Auto. Doch plötzlich hörten wir ein lautes Kettenrasseln, ein Kratzen und Quietschen, ein Knirschen und Scheppern und schon kam das Fahrrad wieder in einem Schwung zurück auf die Fahrbahn! Es landete krachend und ohne seinen Fahrer vor meinem Taxi auf der Straße. Das Letzte, was ich während meiner Vollbremsung von dem Radfahrer noch sah, war ein kurzzeitlg nach oben ausgestreckter Fuß als er hinter dem Auto in den Büschen im Dunkeln verschwand.

Da saßen wir nun. Meine Beifahrerin und ich glotzten wie begossene Pudel aus der Wäsche. Was um Himmels willen war denn das nun schon wieder?!? Meine Kundin auf dem Beifahrersitz machte ein ebenso verstörtes Gesicht wie ich. Ich glaube wir saßen beide mit offenem Mund da und kuckten blöd auf das Fahrrad, das vor uns in meinem Scheinwerferlicht auf der Fahrbahn lag. OK, erst mal Bestandsaufnahme. Warnblinke an, aussteigen und erst mal nach dem Radfahrer sehen. In welche Richtung flog er denn weiter? Ich lief um das geparkte Auto und schon sah ich ihn. Sehr weit flog er nicht, eher direkt nach unten. Er saß auf dem Boden und schielte mich mit seiner völlig verschobenen Brille an, als ob ich von einem anderen Stern kommen würde. Sein Blick sprach ganze Bände. Gesagt hatte er nichts. Konnte er, glaube ich auch gar nicht. Was hätte er auch sagen können? Ups? Hoppla? Er hatte keine Ahnung was gerade geschah, das war ihm deutlich in sein Gesicht geschrieben. Da saß er auf dem Boden mit ausgestreckten Beinen und verstand die Welt nicht mehr. Ich fragte ihn wie es ihm geht, ob alles in Ordnung ist, half ihm hoch und es sah aus als ob er bis auf sein Gedächtnis unverletzt war. Er blickte zu mir hoch, und bis auf seine völlig verbogene Brille schien ihm rein gar nichts passiert zu sein. Abgesehen von der Leere in seinem Hirn. Er hatte keine Ahnung was passierte und brachte kurzzeitig auch kein Wort mehr heraus. Sogar sein Rad hatte keine offensichtlichen Schäden. Ich stellte das Rad auf den Gehweg und seinen Besitzer dazu. Nun kamen ihm doch noch ein paar Worte aus seinem Mund. Er lehnte Hilfe ab, es sei ja nichts passiert. Na ja, *nichts* ist gutgesagt. Bis auf den Umstand, dass er den Radweg seitlich um etwa zehn Meter verfehlte und stattdessen versuchte durch gespannte Ketten zu fahren, war ja auch fast nichts passiert. Klappte halt eben nur nicht ganz. Meine Kundin und ich waren der Meinung ihn sich selber überlassen zu können. Wir liefen zurück zum Taxi und fuhren weiter. Er sah uns regungslos nach, als wir an ihm vorbeifuhren.

Wir sprachen nicht viel, vielleicht noch ein oder zwei Sätze über den Radfahrer. Mehr nicht. Etwa auf halber Strecke kam es in mir hoch. Ich musste grinsen. Und nicht nur das. Es prustete aus mir raus und ich musste plötzlich lachen, ich konnte nicht anders. War aber nicht weiter peinlich, denn exakt im gleichen Moment prustete es auch aus meiner Kundin ebenfalls raus. Wir lachten herzhaft schallend über den Radfahrer, der sich sicherlich immer noch völlig verballert fragte, was eigentlich los war.

38 - Die Normalos

Die meisten, und damit die deutlich überwiegende Anzahl der Fahrgäste, wenn man das überhaupt so sagen kann, sind einfach die ganz normalen, alltäglichen Menschen und Dinge, die man in seinem Taxi so durch die Gegend fährt. Da war zum Beispiel das junge Pärchen, das sich aus seiner Wohnung ausgeschlossen hatte. Blöd natürlich, die etwas unchristliche Uhrzeit. Sonntagmorgen, ca. 2 Uhr, der Ersatzschlüssel aber glücklicherweise bei einem Kumpel deponiert. Der wiederum schlief schon und hörte sein Handy nicht. Die beiden ließen sich von der Innenstadt an den Eselsberg fahren, und dort den Kumpel zu meiner Freude aus dem Bett klingelten, um von ihm den Zweitschlüssel zu bekommen, und gleich im Anschluss wieder zurückfuhren. Schlappe 25 Euro machte das schließlich. Hört sich viel an, aber, was würde denn ein Schlüsseldienst kosten? Bestimmt nicht weniger. Vielleicht sogar dabei eine etwas beschädigte Türe oder Türschloss erhalten? Eben. Sicherlich nicht weniger Kosten. Und schneller erledigt er das sicherlich auch nicht, als diese Fahrt nun dauerte. Es waren etwa 20 Minuten für das hin und zurück.

Dann war da noch die etwa 20-Jährige. Samstag, 23 Uhr, total aufgebrezelt und völlig überschminkt. Im ersten Moment war ich mir nicht sicher, ob die Menge an Schminke Absicht war, oder ob sie gerade im Paint-Ball spielen verloren hatte. Dazu sehr durchgestylt und in einem extremen Erzählmodus. Ihr Bruder hatte wohl an diesem Tag Geburtstag. War jedoch schon zu besoffen und kam dadurch nicht mehr an den Türstehern vorbei in die Clubs rein. Außerdem mache sie gerade den Motorradführerschein, obwohl sie nur 1,55 Meter misst. Das ginge schon, meinte sie. Aber Autofahren findet sie total unsinnig und blöd. Sie hat zwar einen Autoführerschein, aber sie will nicht fahren. Deshalb sei sie ein „Taxi-Junkie." Sie fährt angeblich alles mit dem Taxi. ALLES! So so. Aber ein Motorrad, das sei für sie genau das Richtige. Jedenfalls müsste sie nun unbedingt in die Stadt zu ihrem Bruder und ihm helfen. Und das natürlich sehr eilig, weil der totalbetrunken in einer Gasse stand und nicht mehr wusste was er machen sollte. Sie eilte ihm nun zu Hilfe, denn mit ihr gäbe es bei so etwas wie den Türstehern schließlich nie Schwierigkeiten. Aha, na dann. Den Rest ihrer Schilderungen lasse ich jetzt mal weg, denn was die junge Dame mir in den rund zehn Minuten Fahrt noch alles schaffte mir zu erzählen, würde wohl fast ein eigenes Buch füllen, ….

Oder die vier Jungs von Ulm nach Ehingen. Bereits am frühen Morgen, einer von ihnen etwas in Mitleidenschaft gezogen, da er sich beim Einreihen in eine Warteschlange wohl mit ein paar anderen angelegt hatte. Dabei kam es schließlich zu einer kleineren Auseinandersetzung, die er dann auch prompt verloren hatte. Neben ein paar ordentlichen Fausthieben, voll auf die 12, bekam er wohl auch eine saftige Schelle. Seine Freunde waren zu diesem Zeitpunkt zu weit entfernt, um sofort eingreifen zu können. Die Schelle bekam er leider direkt auf sein Ohr. Nun hörte er wohl nicht mehr so ganz gut, hatte massive Gleichgewichtsstörungen und sein Kopf würde ganz seltsam dröhnen. Auch klappte es nicht mehr ganz mit dem Zusammensetzen seiner beiden Kiefer, denn die wollten anscheinend nicht mehr so ganz zueinander passen. Aber zum Arzt wollte er jetzt nicht. Erst wenn es am nächsten Tag immer noch so schlimm sei, könne er dann ja immer noch in die Klinik, so seine Denkweise. Seine Kumpels wollten ihn zwar dazu bringen, jetzt doch lieber gleich in die Klinik zu gehen, aber er wollte einfach nicht und ließ sich auch nicht von ihnen erweichen. Ich machte mir ebenfalls ein bisschen Sorgen, denn die Jungs hatten mit ihren rund 18 Jahren vielleicht doch noch nicht so das Verantwortungsbewusstsein für ihren etwas lädierten Freund. Sie ließen sich von ihrem sichtlich angeschlagenen Kumpel erweichen die Kontrolle beim Arzt auf den nächsten Nachmittag zu verschieben. Nach rund 15 Kilometern zuhören und schweigen, konnte ich mich dann doch nicht mehr zurückhalten. Ich habe ebenfalls versucht ihm klar zu machen, es sei vielleicht wichtig sofort danach sehen zu lassen. Denn, erklärte ich ihm, eventuell konnte ein Arzt heute Nacht noch etwas in die Wege leiten, was vielleicht morgen zu spät wäre? Lieber sollte er mit seinen Kumpels jetzt die halbe Stunde noch investieren, als morgen dumm aus der Wäschen zu schauen, wenn es noch schlimmer werden würde. Na ja, jedenfalls klappte es. Er ließ sich erweichen, und ich fuhr sie nicht nach Hause, sondern in das dort ortsansässige Kreiskrankenhaus. Bei der ganzen Diskussion über das Für und Wider eines Krankenhausbesuches, vergaß ich eine stationäre Radarfalle, und tappte prompt rein. Nicht extrem, aber die Fahrt nach Ehingen war jedenfalls nun nicht mehr für mich, sondern für die Stadtkasse. Suuuper. Ganz toll. Wenigstens die Jungs waren im Krankenhaus. Aber sonst war die Fahrt für die Katze, wie man so schön sagt.

Dann gibt es natürlich noch eine Reihe von Stammkunden, die mich in regelmäßigen bis unregelmäßigen Abständen anrufen. Oft kommt vorher am Abend noch eine kleine Anfrage, ob ich denn in dieser Nacht auch im Taxi unterwegs sei, dann wüssten sie gleich, ob und wie sie sicher nach Hause kommen würden. Wenn es dann so weit ist, klingelt mein Telefon meist in den frühen Morgenstunden. Dann, wenn die Feier oder Party zu Ende ist, der Alkohol ebenfalls inzwischen seine Wirkung zeigt, und ich in solchen Momenten willkommen bin, für die Fahrt nach Hause. Angeblich besonders ich, weil sie in solchen Momenten den anderen Taxlern, nicht noch lang und breit erklären müssten, wo sie hinmöchten und wie man dort hinkäme. So so. Natürlich nicht nur deshalb. Viele rufen mich natürlich auch an, weil ich sie bereits vor der Zeit als Taxifahrer kannte. Oder natürlich auch aus dem privaten Umfeld, die Freundinnen und Freunde, Bekannte von früheren Zeiten, Kolleginnen und Kollegen, oder aber es hat sich der Kontakt einfach durch das Taxifahren ergeben. Da gibt es zum Beispiel eine Gruppe von sehr lieben Mädels, mit denen ist es schon eine kleine Rundreise durch das Ulmer und Neu-Ulmer Umland, bis sie alle wieder zu Hause sind. Eine nach Neu-Ulm Stadtmitte, eine in den Vorort Reutti, eine noch nach Göttingen, und die letzten beiden nach Ballendorf auf der

Schwäbischen Alb. Rund eine Stunde, wenn es gut läuft, bis alle wieder zu Hause sind. Bei ihnen kommt es besonders gut an, wenn ich im Voraus Flaschen mit Mineralwasser besorge, und ich sie damit während der Fahrt von ihrem (Alkohol-)Brand erlösen kann. Die Dankbarkeit ist ihnen in diesem Augenblick ins Gesicht geschrieben! Sie sind Stammkundinnen schon seit einigen Jahren und das sind so kleine Dinge, die man dabei eben lernt. Die Fahrt mit ihnen ist sehr unterhaltsam und angenehm. Ein Teil dieser Gruppe ist übrigens unter anderem auch maßgeblich an der Entstehung dieses Buches hier beteiligt gewesen! Und somit verdanke ich den Mädels etwas! Einen Gruß an dieser Stelle an den Mädels-Trupp!

Eine andere Gruppe von Stammgästen ist schon etwas häufiger und heftiger unterwegs. Sie sind aus dem Umland von Neu-Ulm und manchmal doch ziemlich von dem Konsum des Alkohols gezeichnet, … Da kommen dann zum Beispiel während der Fahrt Damen-Füße zwischen den Kopfstützen nach vorne gereicht, mit der Angabe, sie würden **jetzt** dringend frische Luft brauchen! Jeder zweite von ihnen schreit, dass ihre Adresse zuerst angefahren werden sollte, der eine oder die andere singt lauthals den letzten Ohrwurm aus dem Klub: „Aber scheiß drauf, Malle ist nur einmal im Jahr, olé olé, Schalalalala" und zu allem Überfluss von dem Ganzen:

„Erst mal zu mir nach Gerlenhofen!" „Nein! Erst zu mir nach Burlafingen!" „Nein nein, erst zu mir nach Neu-Ulm!" „Ich will noch nicht Heim! Wir geh'n noch in einen anderen Klub!"

Vergesse ich beim Fahren einen neuen, fest installierten Blitzer und tappe rein. Und das mitten in Ulm. Vor dem Gericht. Verdammt. Da fahre ich nun schon zum x-Mal durch diese Radarfalle, aber beim 101sten Mal bin ich um 2 km/h zu schnell und es blitzt. Mist. Was soll´s. Berufsrisiko. Aber dieses (Beweis-)Foto lasse ich mir zuschicken! ;-)

Und so gibt es noch viele viele Beispiele, über die ich vielleicht mal ein separates Buch schreibe, … Natürlich gibt es noch weitere unzählige (normale) Fälle. Die Urlauber, die mit Sack und Pack von zu Hause abgeholt, und zum Bahnhof gebracht werden wollen, dir in voller Vorfreude die Erwartungen ihres Urlaubes schildern, und die anderen Urlauber, die mit Sack und Pack aus dem Bahnhof kommen, und auf der Heimfahrt dir den **erlebten** Urlaub schildern, die Geschäftsmenschen, die wortlos mit Handy, Laptop, Zeitung oder was auch immer auf der Rücksitzbank sitzen und während der Fahrt arbeiten, die Patienten, die von oder in Praxen fahren und so weiter und so weiter. Einfach der normale, tägliche Wahnsinn, der sich gerade so auf unseren Straßen abspielt, findet eben auch in jedem Taxi statt.

39 – Der Wanderer

Er stieg mir am frühen Abend am Ulmer Hauptbahnhof zu. Ein typischer Wanderer. Wanderschuhe, sportliche, bunte Klamotten, eine dünne Regenjacke, einen mittelgroßen Rucksack und an diesem hingen noch zwei Wanderstöcke. Aber es war eine überdurchschnittlich lange Fahrt. Sie ging nach Niederieden im Süden von Neu-Ulm und war mit rund 55 Kilometer nicht die schlechteste Fahrt an diesem Wochenende. Es war ein etwas hippeliger, schlanker, nervöser Mann, etwa 30 – 35 Jahre alt und neugierig, ob sich in der Welt die letzten vier Wochen etwas Nennenswertes getan hätte. Denn, er war an der Küste von Spanien beim Wandern! Vier Wochen lang! Auf dem Jakobsweg. 800 Kilometer! Zwischen 20 und 30 Kilometer, **TÄGLICH! VIER WOCHEN LANG!!!** Er hatte sich in diesem Augenblick meinen größten Respekt verschafft! Warum macht man so etwas?!? Er schilderte mir seine Geschichte so: Er war ein Computer-Mensch der täglich in einem großen Büro seiner Arbeit am PC nachgeht. Vom Wandern wollte er bis vor wenigen Jahren nichts wissen. Aber als er ein Buch von einem deutschen Komödianten las, wie der selbige den Jakobsweg beschritt, und er selber gleichzeitig ein erleuchtendes Erlebnis nach einer Weihnachtsfeier am eigenen Leib erfuhr, kam er auf den Geschmack. Nach der genannten Weihnachtsfeier war niemand erreichbar, der ihn wieder zurück zu seinem Auto fahren konnte. Somit lief er die Strecke von rund zehn Kilometern und fand Gefallen am Laufen. Der Jakobsweg gefiel ihm ebenfalls, bekannt aus dem gelesenen Buch. Seine Beziehung ist zu dieser Zeit auch noch in die Brüche gegangen und so wollte er sich den Kopf freilaufen. Aber nicht die Route die er schon aus dem Buch kannte, sondern eine Route die eher unbekannt ist und nicht so stark besucht. Das Laufen habe ihm sehr geholfen nicht nur seinen Kopf frei zu bekommen, sondern auch wieder einen klaren Gedanken fassen zu können. Nebenbei bemerkte er, dass in den dortigen Übernachtungsmöglichkeiten, das Saufen und Kiffen sehr toleriert werden würde und ihm das sehr entgegen gekommen ist, … „Freier Kopf" und so, … Dabei saß er sehr nervös und unruhig auf dem Beifahrersitz und es war ihm offensichtlich unangenehm, dort ruhig zu sitzen. Immer wieder beugte er sich vor und bewegte sich, als ob er einen Muskelkrampf in den Schultern bekommen würde. Auf meine Frage ob etwas am Sitz unbequem ist, sagte er mir, dass sein ganzer, bisheriger Tag der reinste Horror gewesen sei. In den letzten vier Wochen hatte er keine Ruhe, er war ständig und den ganzen Tag in Bewegung. Aber am heutigen Tag musste er ständig sitzen und warten, erklärte er mir. Im Bus, am Flughafen, im Flieger, am Bahnhof, im Zug, und jetzt im Taxi! Er konnte es kaum fassen, und es würde sich sehr seltsam anfühlen, in meinem Taxi so schnell durch die Landschaft zu fahren, ohne sich dabei bewegen zu müssen! Er konnte es kaum abwarten am Ziel zu sein, nur damit er aussteigen und sich wieder bewegen konnte. Er liebe es inzwischen durch die Gegend zu laufen und er genieße es wenn die Landschaft in Zeitlupe an ihm vorbei zieht. Früher sei er gerne mit dem Fahrrad gefahren. Aber selbst das sei ihm inzwischen zu hektisch!

Ich hatte auch schon überlegt, das geschilderte Buch zu lesen. Auch habe ich schon einige positive Kritiken über dieses Buch gelesen. Aber ich denke, ich werde es besser nicht lesen. Denn, was würde passieren, wenn ich auch Gefallen daran finde zu Wandern? Wenn ich das Laufen anfange?!? Was würden meine Stammgäste denn alle sagen? Schließlich kann ich ja schlecht mit meinen Fahrgästen bis zu ihrem Fahrziel gemeinsam zu Fuß gehen!

40 - Die häufigsten Fragen der Kundschaft:

Wie in einer der Geschichten schon erwähnt, gibt eine ganze Reihe von Fragen, die unsere Kunden regelmäßig und immer wieder stellen. Um diese Fragen zu beantworten, und vielleicht dem einen oder anderen das Taxigeschäft etwas durchsichtiger zu machen, möchte ich hier etwas zur allgemeinen Aufklärung beitragen. In erster Linie spreche ich natürlich für meine kleine Heimatstadt Ulm. In Großstädten oder in anderen Ländern weichen die Antworten natürlich zum Teil deutlich ab. Hier eine kleine Auswahl der am häufigsten gestellten Fragen von unserer Kundschaft:

- **Läuft der Taxameter nach Strecke oder nach Zeit?**

Eine sehr häufige Frage. Und das dürfte in ganz Deutschland, wenn nicht sogar weltweit gleich sein: Der Taxameter läuft entweder nach Kilometer **ODER** nach Zeit, aber niemals nach beidem gleichzeitig. Sobald das Fahrzeug in Bewegung ist, (etwa größer drei km/h) wird nur noch die Strecke, also die Kilometer gezählt. Wenn das Taxi steht, zum Beispiel an einer Ampel, läuft nur die Zeit. Es ist also egal ob ich über die Autobahn mit 100 km/h oder mit 200 km/h fahre, die Anzahl der Kilometer bleibt gleich und somit auch der Fahrpreis. Außerdem muss der Taxameter in Deutschland jährlich von dem Eichamt überprüft und geeicht werden. Wenn er noch stimmt und den korrekten Preis anzeigt, bekommt er ein amtliches Siegel und es darf mit diesem Taxameter weitergearbeitet werden. Dieses Siegel kann man vergleichen mit einer HU (TÜV) Plakette am einem Auto.

- **Ihr seid doch alle Studenten, richtig?**

Nein, sind wir nicht. Bis Ende der 90er Jahre gab es tatsächlich sehr viele Studenten, die sich während ihrem Studium etwas dazu verdienten im Taxi. Aber inzwischen kenne ich, bis auf eine Handvoll Ausnahmen, keine mehr. In der Regel fährt der Unternehmer selber eine Schicht, meist ist es die Montag- bis Samstag Tag-Schicht. Die anderen Schichten werden mit fest angestellten Fahrern besetzt und eventuell noch am Wochenende mit Aushilfsfahrern, den sogenannten Minijobbern. Es fahren auf einem Taxi (normal) in einer Woche vier verschiedene Personen, wenn es voll eingesetzt wird.

- ## Was bedeutet „Tarif 1" (bzw. Tarif 2, Tarif 3) im Taxameter?

Tarif 1 bis Tarif 3 ist ein sogenannter Stufentarif, um die extremen Kurzstrecken lukrativer für den Unternehmer zu machen. Gibt es nicht in jeder Stadt. Wenn der Taxameter gestartet wird, geht es los mit dem Tarif 1. Damit beginnt jede Fahrt und kann von dem Fahrer auch nicht beeinflusst werden. Der Tarif 1 ist der teuerste mit über drei Euro für den gefahrenen Kilometer und hält aber nur die ersten beiden Kilometer an. Danach Beginnt der Tarif 2 und der Kilometerpreis halbiert sich in etwa für die nächsten 3 Kilometer. Ab dem 5. Kilometer reduziert sich der Kilometerpreis um nochmals rund 30 Prozent und bleibt bis zum Schluss der Fahrt. Damit werden die extrem kurzen Fahrten deutlich lukrativer, aber Fahrten über 5 Kilometer bleiben nahezu beim alten Preis. Zu den Details gleich noch etwas mehr.

- Wie funktioniert das mit der Anfahrtsgebühr?

Wenn ein **Ulmer** Taxi bestellt wird, ist der Ausgangspunkt für die Anfahrtsgebühr ebenfalls Ulm. Innerhalb der Stadt Ulm und einigen der eingemeindeten Vororte darf keine Anfahrtsgebühr verlangt werden solange es zum Stadtgebiet gezählt wird. (Bitte nicht verwechseln mit der Grundgebühr von 2,50 Euro die immer beim Einschalten von dem Taxameter fällig ist.) Wenn ein Ulmer Taxi allerdings nach außerhalb bestellt wird, und die Fahrt noch weiter weg von Ulm geht, wird die Anfahrts-Gebühr bis zur bestellten Adresse ab Ulm fällig. Denn die gesamte Strecke muss ab Ulm **EINMAL** bezahlt sein. (**ULMER** Taxi bestellt!) **Bis** zur bestellten Adresse mit Anfahrtsgebühr und die weitere Fahrt mit dem Fahrgast mit dem Taxameter. Wenn die Fahrt von der bestellten Adresse zurück geht nach Ulm, wird die Gebühr nicht fällig. Dann ist die Strecke ja schon einmal bezahlt mit dem Betrag der auf der Rückfahrt auf die Uhr läuft. Die Strecke ab Ulm bis zum Ziel oder umgekehrt muss also EINMAL bezahlt sein. Egal, ob von Ulm nach irgendwo, oder von Irgendwo nach Ulm. Diese Regel dürfte so ziemlich in jeder Stadt gleich sein.

- Was habt ihr für einen Tarif in Ulm? (Stand 08.2015)

- Grundgebühr beim Einschalten des Taxameters:
  2,50 Euro (Immer fällig)
- Tarif 1 (die ersten 2000 Meter):
  3,20 Euro je Kilometer
- Tarif 2 (die nächsten 3000 Meter):
  1,75 Euro je Kilometer
- Tarif 3 (ab dem 5. Kilometer):
  1,45 Euro je Kilometer
- Wartezeit (Taxi fährt nicht, wartet):
  24, - Euro je Stunde
- Zuschlag für Großraumtaxi:
  4 Euro
- Zuschlag für Kombi (z.B. Kühlschranktransporte):
  5 Euro

Diesen Stufentarif hat man vor einigen Jahren eingeführt, um diese extremen Kurzstrecken lukrativer zu machen, ohne die längeren Fahrten über fünf Kilometer mit höheren Kosten zu belasten. Dieser Stufentarif wurde damals von den Fahrgästen überraschend gut angenommen.

Beispiel: Eine normale Fahrt mit fünf Kilometern liegt bei rund 14 Euro. Dagegen eine Fahrt mit 15 Kilometern bei rund 28 Euro! Dreifache Entfernung, aber nur doppelter Preis!

Übrigens: Der Fahrer kann nur **EIN** und **AUS** schalten! Er kann den Tarif nicht durch drücken irgendwelcher Tasten verändern, was einige vermuten!

- **Wie funktioniert das mit diesen Taxikonzessionen?**

Wenn man in Ulm ein Taxi betreiben möchte, muss man erst einmal eine „Taxen- & Mietwagenunternehmerprüfung" machen. Wenn man diese bestanden hat, braucht man eine Konzession, um das Unternehmen betreiben zu dürfen. Diese Konzessionen sind aber von der Anzahl her von der Stadt Ulm sehr begrenzt. In den letzten rund 40 Jahren waren es 71 Stück. Diese sind alle in privater Hand und können nur gekauft werden, wenn einer der Unternehmer zum Beispiel in Rente geht und sie eben entsprechend verkauft. Meist gibt es einige Anwärter, und so bekommt in der Regel derjenige diese begehrte Konzession, der am meisten für eine solche Lizenz bietet. Für jede erworbene Konzession kann der Unternehmer ein (!) Taxi fahren (lassen). Zwei Konzessionen sind dann zwei Fahrzeuge und so weiter. In anderen Städten gibt es noch weitere Modelle für den Betrieb der Taxen. Großunternehmer mit über 50 Fahrzeugen, städtische Taxen, auf denen dann ausschließlich Angestellte fahren und noch viele weitere Betriebsarten. In manchen deutschen Städten gibt es überhaupt keine Begrenzung. Da kann sich jeder Hinz und Kunz ein Taxi besorgen und damit fahren. Ihr könnt euch sicherlich vorstellen, wie chaotisch es dort zugeht. Unzählige Möchte-gern-Straßen-Cowboys, die ausschließlich und nur das schnelle Geld im Sinn haben. Bei solchen Kollegen kann ich die über den Tisch gezogenen Fahrgäste schon von Weitem riechen. Von

Service im Taxi, Ortskenntnis oder Sonstigem ganz zu schweigen.

- **Gibt es noch deutsche Unternehmer?**

Leider eine Frage, die nach meiner Meinung zu oft gestellt wird. Aber, ja, gibt es. Fairerweise muss ich gestehen, dass es nicht mehr sehr viele sind und auch über die Jahre weniger werden. Das hat so glaube ich mehrere Gründe. Erstens ist der Ruf eines Taxifahrers nicht gerade der beste und lockt nicht wirklich an, um diesen Job zu machen. Der Verdienst ist gering und dazu noch im direkten Vergleich mit den dafür benötigten Stunden sogar oft miserabel. Unsere Kollegen aus anderen Ländern können sich mit vergleichsweise wenig Aufwand einen a.) sicheren Arbeitsplatz *erkaufen,* b.) sie bekommen dadurch, dass sie Unternehmer sind, eine dauerhafte Aufenthaltserlaubnis. (Das hat mir ein türkischer Kollege erklärt, ich hoffe das stimmt auch.) Und das ist einem Kollegen mit ausländischem Ausweis so gesehen natürlich mehr wert, als einem Deutschen, der ohnehin in Deutschland leben darf. Besonders, wenn es an die Verhandlungen über einen Kaufpreis geht, haben die Deutschen dann meist nicht das Interesse, für eine solche begehrte Konzession größere Summen zu bezahlen.

- **Wie viele Taxen gibt es in Ulm?**

In den letzten über 40 Jahren gab es durchgehend 71 Taxikonzessionen mit jeweils einem Fahrzeug. (Ein noch recht gesundes Verhältnis zu Einwohnerzahl von rund 100.000 Menschen) Im Jahr 2015 & 2016 werden erstmals wieder einige Konzessionen von der Stadt neu zugelassen. Die Gerüchte sagen, dass wir bis zum Abschluss der neuen Zulassungen in etwa 80 Taxen sein werden. Die meisten Konzessionen sind Einzelkonzessionen mit nur einem Unternehmer. Es gibt nur eine Handvoll Unternehmer, die zwei oder drei Konzessionen haben. Also kein Vergleich mit anderen Städten mit zum Beispiel 50 und mehr Taxen bei einer Gesellschaft.

- **Was verdient man eigentlich so im Taxi, lohnt sich das?**

In den letzten Jahrzenten war man ausschließlich über den Taxameter nach dem Provisionsprinzip bezahlt. Lief die Uhr, hat man etwas verdient. Lief sie nicht, gab es auch nichts. Mit anderen Worten, wenn ich zwei Stunden am Taxistand meine Zeitung gelesen habe, habe ich eben zwei Stunden lange Zeitung gelesen! Aber eben auch nichts verdient in dieser Zeit! Seit dem Jahr 2015 hat der deutsche Gesetzgeber den Mindestlohn eingeführt von 8,50 Euro je Stunde.

Das Ganze ist gerade eingeführt worden und in der Praxis wird sich später zeigen wie das funktionieren wird. Wie viel man verdient kommt auf jeden selber an, da die anwesenden Stunden mit dem Unternehmer im Vorfeld abgestimmt werden. Unter dem Strich verdient man im Monat in etwa wie ein angestellter Handwerker - wenn man viele Stunden fährt! Viele Stunden heißen rund 65 Stundenwoche! Viele jedoch sehen es sehr locker und sind in etwa in dem Bereich einer Friseurin. Das Ganze aber natürlich lange nicht so körperlich anstrengend wie ein Handwerksberuf, aber eben dafür mit deutlich mehr Stunden als ein Handwerker.

- **Müsst ihr diese Taxen selber kaufen?**

Ja. Die Fahrzeuge werden von dem Konzessionär beziehungsweise Unternehmer gekauft, bezahlt, werden gefahren und verschlissen und nach einer Zeit von meist drei bis vier Jahren wiederverkauft und ein neues bestellt. Ein Taxi, das **rund um die Uhr** besetzt ist, macht in etwa 100.000 Kilometer im Jahr. Die restlichen entsprechend weniger. Nach rund einer halben Million Kilometer kommt ein Fahrzeug in aller Regel spätestens weg und wird durch ein neues ersetzt. Je nachdem wie das Fahrzeug eingesetzt, gewartet und instandgehalten wird, variieren die Gesamtkilometer oder die Laufzeit. Manche stoßen ihre Fahrzeuge auch schon nach der Garantiezeit wieder ab, um Reparaturkosten auszuschließen. Andere fahren, „bis nichts mehr geht". Das kann dann schon auch mal eine Million Kilometer oder mehr werden. Bei solchen Exemplaren ist dann meistens ein kapitaler Unfall mit Totalschaden das bestimmende Ende. Das ist jedem Unternehmer selber überlassen.

- **Wie lange geht denn so eine Schicht?**

Viele Festangestellte wechseln jeweils um sechs bzw. um 18 Uhr. Eine Schicht geht somit bei vielen zwölf Stunden inklusive den Pausen. Das ist aber nicht festgelegt und kann deutlich schwanken. Je nach Betriebsaufkommen, Wochen- oder Feiertag, und so weiter. Man darf aber nicht vergessen, dass die reine Arbeitszeit im Schnitt kaum mehr als vier bis sechs Stunden sind, der Rest ist Zeitung lesen, Kaffee trinken, Kollegen ärgern, oder einfach die unendliche Wartezeit an den Taxiständen irgendwie totschlagen. Andere sehen es etwas entspannter und gehen bereits nach sechs bis acht Stunden Anwesenheitszeit schon wieder heim. Das kann man mit seinem Chef individuell vereinbaren und handhaben.

- **Habt ihr viel Wartezeit?**

    Ja. Es gibt Tage und Situationen in denen keine Wartezeit zwischen den Fahrten anfällt. (Silvesternacht) Aber das ist selten. An den normalen Tagen sind 30 Minuten wenig, eine Stunde kommt oft vor und dürfte der Schnitt einer ganzen Woche sein. Zwei Stunden sind schon etwas ätzend, passiert aber auch immer wieder mal, und wenn es mal mehr wie in seltenen Fällen drei Stunden zwischen zwei Fahrten sind, hat man etwas sehr viel Pech gehabt.

- **Läuft das Geschäft noch so gut wie früher?**

    Nein, durch unzählige Einschränkungen von unserem Gesetzgeber sind die Bedingungen deutlich schlechter geworden als noch vor einigen Jahren. Schon alleine durch die Einschränkungen bei Krankentransportfahrten und dergleichen. Und natürlich auch durch neue Konkurrenz die nun über das Internet, App´s, Smartphone, Car to go, etc. aufgetaucht sind, sind einigen Fahrten weggefallen. Unter dem Strich bleibt wesentlich weniger Gewinn übrig und ein halbwegs vernünftiges Einkommen fordert locker 60 Stunden oder mehr Anwesenheitspflicht im Auto. (Vergleicht das mal mit 40 Stunden oder sogar mit 35 Stunden Wochen in vielen großen Firmen, …) Auch solche Dinge wie die Spritkosten sind in den vielen Jahren deutlich gestiegen, abgesehen von dem Jahr 2015, in dem die Sprit-Preise tatsächlich mal wieder etwas zurückgegangen sind, …

- ## Wem gehören eigentlich die ganzen Taxen?

Wie oben bei der Frage wer die Taxen kauft schon erwähnt, befindet sich jede einzelne Taxikonzession in einer privaten Hand und kann nur über den Verkauf von einem Unternehmer (zum Beispiel Ruhestand) erworben werden. In extrem seltenen Fällen werden neue Konzessionen von der Stadt zugelassen, die dann aber wiederum nach einer sehr langen Warteliste aufgeteilt werden. Die jeweiligen Fahrzeuge gehören ebenfalls dem Unternehmer.

- ## „Ich wollte auch mal den Taxischein machen, ist der schwer?"

Seltsamerweise kommt diese Frage tatsächlich sehr oft vor. Ich könnte geradezu meinen, die halbe Menschheit möchte einmal Taxi fahren. Und um diese Frage zu beantworten: Nein, ihn zu machen und zu bekommen ist nicht soooo schwer. Dafür ist es aber umso schwerer, damit seinen Lebensunterhalt in ausreichender Menge zu verdienen und nicht täglich frustriert Heim zu kommen. Dazu komme ich aber gleich noch einmal. Es ist nicht schwer die rund 850 (Stand 2015) Straßen, Gassen, Plätze und Wege zu lernen. Wohlgemerkt für die Stadt Ulm!

Einen aktuellen Stadtplan von der Stadt kaufen, jedenfalls von der Stadt, in der man anschließend auch fahren möchte, und Stück für Stück die Straßen auswendig lernen. Für viele eine Horrorvorstellung. Ist aber gar nicht mal so schlimm. Besonders im Vergleich zu den großen Städten von Deutschland, hat man es in Ulm noch sehr einfach. Was man ebenfalls noch im Kopf haben sollte sind solche elementaren Dinge wie: Kliniken und ihre Stationen, die großen Hotels, Einrichtungen der Stadt wie Rathaus, Bahnhöfe, Landratsamt, Sehenswürdigkeiten, zumindest in groben Zügen die Geschichte der Stadt, Einwohnerzahl und solcher Dinge.

Bei der Stadt, in der man später dann fahren möchte, muss man eine sogenannte „Ortskenntnisprüfung" ablegen. In Ulm läuft die nur theoretisch ab. Die Führerscheinstelle fragt dich 25 Straßen ab, von denen du mindestens 20 wissen musst. Ausgangspunkt ist immer der Hauptstandplatz, der Ulmer Hauptbahnhof. Von diesem aus wird der KÜRZESTE Weg zur Zieladresse theoretisch beschrieben. Heißt, alle Straßen dazwischen musst du natürlich auch wissen. Somit weiß der Prüfer auch gleich, ob du die kürzeste Route weißt. Wenn dann der Gesundheits-Check beim Onkel Doktor, Sehtest, Gehörtest und so weiter auch in Ordnung ist, bekommst du den „Personen-Beförderungs-Schein", kurz P-Schein oder Taxi-Schein. Die Gesundheitsüberprüfung kann man ganz gut mit der des LKW- oder Busfahrers vergleichen.

Jetzt noch kurz zum anfangs erwähnten schwierigen Teil.

Du solltest mit jeglicher Art von Menschen klarkommen und das auch noch auf engstem Raum. Nämlich direkt neben dir in deinem Taxi auf dem Beifahrersitz. Und zwar wirklich jegliche Art die du dir ausdenken kannst. Rasse, Religion, Alter, soziale Schicht, Behinderung, Krankheit, Größe, Gewicht, und so weiter. Nicht immer leicht und da solltest du wirklich resistent sein. Auch das Verständnis, und nicht selten das Einfühlungsvermögen für die jeweiligen Anliegen deiner Fahrgäste, solltest mitbringen. Sonst hast du nur unnötigen Ärger.

Das andere, was gehörig an den Nerven zerren kann, ist der Straßenverkehr. Da gibt es Menschen, die schon bei Kleinigkeiten aus der Haut fahren. Ein solcher Kandidat solltest du unter keinen Umständen sein! Im Gegenteil! Fahrfehler von anderen Autofahrern sind im Taxi dein tägliches Brot und das sollte dich nicht im Geringsten stören. Sonst bekommst du schneller graue Haare als Euro in deinen Geldbeutel!

Was bei dir außerdem sehr gut ausgeprägt vorhanden sein sollte, ist räumliche Vorstellung von der Stadt, des Stadtplans und dem Umland der Stadt, um die kürzesten Wege zu wissen. Und bei über 850 Straßen in Ulm gibt es alleine nur mit den Pflichtstraßen ja schon insgesamt über 650.000 Möglichkeiten von der Strecke zwischen Start und Zieladresse. Und da sind die ganzen Vororte oder der komplette Neu-

Ulmer Raum noch gar nicht dabei! Speziell für die Stadt Ulm gibt es noch etwas Besonderes. Ulm liegt direkt an der Donau und somit gleichzeitig an der Landesgrenze zu Bayern. Die Stadt auf der anderen Seite der Donau, Neu-Ulm, ist eine eigene Stadt mit einer eigenen Taxigesellschaft. Die Straßen von dieser Stadt werden bei der Ortkenntnisprüfung nicht abgefragt. Heißt im Umkehrschluss, wenn du anfängst mit der Fahrerei, wird es dir öfter passieren, dass Fahrgäste dir eine Straße nennen, die es in Ulm gibt, du sie vielleicht sogar weißt, der Kunde aber Neu-Ulm meint und du natürlich anfangs keine Ahnung hast, wohin du fahren musst. Denn diesen Bereich hast du ja nie lernen müssen. Aber mit der Zeit bekommst du das sehr schnell mit und lernst auch damit umzugehen.

Zu guter Letzt dein persönliches Einkommen. Es ist sehr von deiner Einsatzbereitschaft abhängig und leider auch von deinem Glück deiner Fahrten. Und das kann eben mal höher, aber eben auch mal niedriger sein. (Zum Einkommen kann es in anderen Städten, besonders in Großstädten, völlig anders aussehen!)

Ach ja, eines noch: Nach dem Erhalt des P-Scheins darfst du nur Fahrgäste einladen, die dich am Taxistand aufsuchen oder zufällig am Straßenrand dich heranwinken. Sogenannte „Laufkundschaft" oder auch „Winker" genannt. Wenn du zusätzlich noch Aufträge über das Funkgerät erhalten möchtest, ist noch eine Funkprüfung bei der jeweiligen Taxen-Zentrale fällig. Was aber schon beinahe jede Stadt und jede Taxigesellschaft für sich selber regelt. Aber das ist sowieso eine andere Geschichte.

So, ich bin am Ende angelangt mit meinen Erlebnissen, Erfahrungen, Erzählungen und Erläuterungen. Es ist natürlich nur ein kleiner Ausriss aus dem nächtlichen Taxifahren und es gäbe noch viele, viele weitere Dinge zu erzählen. Dinge, die nur das Leben schreiben kann.

Ich hoffe, ihr hattet Spaß beim Lesen, Kurzweile und vielleicht auch etwas Freude beim Mitfiebern, wenn ich auf den nächtlichen Straßen von Ulm unterwegs war.

Auch hoffe ich, dass Bild eines Taxifahrers etwas besser beleuchtet zu haben und vielleicht etwas Verständnis, für die Jungs und Mädels hinter Ihren Lenkrädern erweckt zu haben.
Denn der Job mag im ersten Moment einfach, oder sogar primitiv erscheinen, kann aber, wie andere Berufe natürlich auch, zeitweise verdammt emotional und dadurch sehr schwierig sein.

Ein herzlicher Dank geht an alle Beteiligten, die mich nicht nur bei der Entstehung dieses Buches unterstützten, sondern vor allem auch in den vielen Jahren geduldig zu mir hielten, in denen ich im Taxi unterwegs war. Besonders meiner Frau, meinen Kindern, Familie und Freunde, denn oft fiel die Entscheidung pro Taxi wenn eine Feier oder Party, ein Ausflug oder sonstiges anstand. Auch natürlich bei meiner Lektorin für ihr unermüdliches Lesen, Werbung und Kontakte.

Vielen Dank euch allen!